EMBARQUEMENTS IMMÉDIATS POUR NOËL

DE LA MÊME AUTRICE

Un merci de trop, Michel Lafon, 2016 ; Pocket 2016
Tu as promis que tu vivrais pour moi, Michel Lafon, 2017 ; Pocket 2017
Lunettes noires, peau de banane et Saint-Valentin, Michel Lafon, 2017 (nouvelle disponible en version numérique)
Avec des si et des peut-être, Michel Lafon, 2018 ; Pocket 2018
D'ici là, porte-toi bien, Michel Lafon 2019 ; Pocket 2019
Vous faites quoi pour Noël ?, Michel Lafon, 2019 ; Pocket 2020
Et ton cœur qui bat, Michel Lafon, 2020 ; Pocket 2021
Vous faites quoi pour Noël ? On se marie !, Michel Lafon, 2020 ; Pocket 2021
La lumière était si parfaite, Fleuve Éditions, 2021 ; Pocket 2022
Vous reprendrez bien un peu de magie pour Noël ?
Fleuve Éditions, 2021 ; Pocket, 2022
Et que quelqu'un vous tende la main, Fleuve Éditions, 2022

Jeunesse
Gros sur le cœur, Michel Lafon, 2018

CARÈNE PONTE

EMBARQUEMENTS IMMÉDIATS POUR NOËL

fleuve
ÉDITIONS

MIXTE
Papier issu de sources responsables
FSC® C003309

L'éditeur de cet ouvrage s'engage dans une démarche de certification FSC® qui contribue à la préservation des forêts pour les générations futures.

Pour en savoir plus :
www.editis.com/engagement-rse/

Publié avec l'accord de Librinova

ISBN : 978-2-265-15579-4

Dépôt légal : octobre 2022

Pour mon papa parti beaucoup trop tôt.
Repose en paix dans cet océan que tu aimais tant.

16 DÉCEMBRE 1987

Il paraît que donner naissance à un enfant est la plus belle chose qui soit au monde. Oui, enfin, si l'on fait abstraction de l'impression de se déchirer de l'intérieur toutes les soixante secondes…

Dans le hall de la maternité, Diane, soutenue par son mari Vincent, s'arrête pour la quatorzième fois en deux cents mètres et pousse un hurlement à faire frémir le plus féroce des loups-garous.

— Souffle, souffle, ma bidouche !

Au regard noir qu'elle lui jette, Vincent comprend qu'il est préférable de ne pas insister.

— Pourquoi est-ce qu'il faut toujours que ce soit aux femmes de supporter les pires trucs ? Pourquoooooooooaaa, rugit-elle dans une nouvelle contraction. D'abord les règles, puis l'épilation à la cire, et maintenant je me retrouve à expulser un être humain de cinquante centimètres qui doit se frayer un chemin par un orifice ridiculement petit. Qu'est-ce que vous avez, vous, les hommes ? Hein, dis-moi ?

— Les problèmes de prostate.

Boutade inefficace face à une femme enceinte de huit mois, luttant contre la douleur des contractions depuis plusieurs heures. Si elle le pouvait, Diane ferait jaillir des éclairs de ses yeux et foudroierait son mari sur place. Heureusement pour lui, une sage-femme alertée par les cris déchirants accourt, poussant devant elle un fauteuil roulant.

L'espace d'un instant, Vincent, jamais avare d'une bonne blague, hésite à remercier l'arrivée providentielle du fauteuil et à s'y asseoir. Mais il renonce. S'il veut rentrer chez lui avec femme et enfant, c'est sans doute préférable.

— Bonjour, je suis Marie-Agnès, depuis combien de temps ressentez-vous des contractions ? demande la sage-femme à Diane tandis que celle-ci s'installe tant bien que mal, encombrée par son ventre qui semble héberger une équipe de football entière.

— Depuis deux heures du matin, halète Diane. Au départ elles étaient espacées de plusieurs minutes et maintenant – aaaaaah ouuuuuh – de même pas trente secondes. Le bébé n'est pas loin, il veut sortir, j'ai maaaaaal !

— Je vous emmène en salle de naissance, vous pensez que vous pourrez tenir encore quelques minutes ? s'enquiert Marie-Agnès en poussant à toute vitesse le fauteuil à travers un couloir.

Vincent est blême. *Comment ça, tenir encore quelques minutes ?* Si Diane répond non, il se passe quoi, elle accouche ici, dans le hall ? Et lui qui pensait avoir des heures devant lui pour se préparer à l'arrivée de son premier enfant ! Il comprend qu'il n'en sera rien. Il ne se sent pas prêt, pas prêt du tout.

Marie-Agnès se retourne et d'un coup d'épaule ouvre des portes battantes sans lâcher les poignées du fauteuil.

— Attendez-là, monsieur, dit-elle en indiquant un banc à Vincent. Je viendrai vous tenir au courant dès que je le pourrai.

Elle s'engouffre dans une pièce avec Diane, laissant Vincent seul.

* * *

— Effectivement, vous êtes à dilatation complète. Vous avez passé le plus dur, maintenant.

Le plus dur ou le plus long ? se demande Diane alors qu'elle est transpercée par une vague de douleur.

— Dès que vous sentez la prochaine contraction arriver, inspirez un maximum d'air, puis bloquez votre respiration en poussant vers le bas de toutes vos forces. Vous êtes prête ?

— De toute façon, je n'ai plus tellement le choiiiiix, hurle Diane alors qu'elle est à nouveau la proie des flammes utérines.

— Allez-y, madame Carpentier, prenez un maximum d'air et poussez. Oui, voilà, encore, tenez le plus longtemps que vous pouvez avant de reprendre votre souffle. C'est bien, ce que vous faites, je vois la tête de votre bébé ! Est-ce que vous sentez venir une nouvelle contraction ?

Diane opine du chef, à défaut d'avoir la force de prononcer le moindre mot. Elle a tellement mal qu'elle a l'impression qu'elle va mourir là, sur la table de naissance, les pieds dans les étriers.

— Poussez, poussez, voilà, c'est super. Attention, la tête est sortie, ne poussez plus et laissez-moi faire.

Il faudrait savoir, ne peut s'empêcher de penser Diane. Après avoir expulsé une tête de la taille d'une pastèque, elle se sent incroyablement mieux.

— C'est une magnifique petite fille, lui annonce Marie-Agnès alors que le bébé pousse ses premiers cris.

— Une fille, sanglote aussitôt Diane. Oh, qu'elle est belle, ajoute-t-elle en découvrant la petite frimousse du bébé que Marie-Agnès lui pose sur le sein.

— Vous avez fait du bon travail. Je vais chercher l'heureux papa.

* * *

Vincent ne parvient pas à quitter sa fille du regard. Elle est si belle. Il se demande comment ils ont pu, Diane et lui, concevoir un être aussi parfait que leur petite Margot. Il lève des yeux pleins de gratitude vers sa femme et se dit qu'elle pourra exiger de lui tout et n'importe quoi après ça. Quoique. Il connaît sa femme, c'est un coup à ce qu'elle l'oblige à regarder encore et encore ce foutu MacGyver dont elle est fan. Franchement, il n'y a pas de quoi se pavaner, lui aussi serait tout à fait capable de s'évader d'une prison avec un bout de ficelle et une bougie, simple question d'entraînement.

La sage-femme revient vers eux, après leur avoir laissé un moment d'intimité.

— Madame Carpentier ? Vous n'avez pas fait d'échographie pendant votre grossesse ?

— Non… J'ai lu des tas d'articles sur les ondes des appareils et leurs dangers pour le bébé. Et comme nous ne voulions pas connaître le sexe de l'enfant, ça ne nous a pas paru indispensable. Pourquoi, il y a un problème ?

— Non, pas exactement… Mais, disons que d'ici peu, vous allez de nouveau ressentir des contractions… pour donner naissance à votre second bébé. Vous attendiez des jumeaux.

— Des jumeaux ? Deux bébés ? Mais comment est-ce possible ?

Diane, paniquée, se tourne vers son mari qui n'en mène pas large non plus. Elle a à peine le temps de s'appesantir sur cette nouvelle, que la douleur d'une contraction la fait grimacer.

— Monsieur Carpentier, je vais vous demander de ressortir.

— Non ! Je veux rester auprès de ma femme et pouvoir la soutenir cette fois, répond Vincent d'un ton empreint d'une sérénité qu'il est très loin d'éprouver.

— Je vous préviens que si vous tournez de l'œil, je ne serai pas disponible pour m'occuper de vous.

— Mais je ne vais pas tourner de l'œil. Je suis un homme !

Prends ça, MacGyver !

Dix minutes plus tard, Vincent est blanc comme un linge. Mais blanc comme un homme : debout. Enfin... légèrement appuyé sur sa femme.

Diane, elle, tente de se concentrer sur l'expulsion d'un second être humain par la ruelle qui entre-temps, hélas, n'a pas trouvé judicieux de se transformer en avenue...

— Inspirez et... poussez ! Encore, c'est très bien ! Une fois la contraction passée, vous inspirez et on y retourne.

« On » ? se dit Diane. *C'est qui, « on » ?* Parce que dans cette pièce elle ne voit pas beaucoup de « on » qui s'active. Vincent est pâle comme la mort, et si Marie-Agnès trifouille allez savoir quoi à l'intérieur de son vagin, elle est assise tranquillement sur un tabouret, elle.

Quand elle sent venir une nouvelle contraction, elle jette toutes ses forces dans la bataille. Si ça ne suffit pas, tant pis, faudra venir chercher le bébé à l'intérieur. Avec une ventouse en plastique, deux cuillères, une pince à escargots, peu importe. Elle n'ira pas plus loin.

Mais...

— C'est une seconde petite fille, s'exclame Marie-Agnès. Tout aussi vigoureuse que la première. Félicitations, madame Carpentier !

Et moi ? On ne me félicite pas ? ne peut s'empêcher de penser Vincent, vexé de se voir éjecté du tableau. Après tout, c'est l'un de ses vigoureux spermatozoïdes qui est à l'origine de ces deux merveilles. Il ne faudrait pas l'oublier.

— Comment allez-vous l'appeler ? demande Marie-Agnès.

Diane et Vincent se regardent. En voilà une bonne question.

* * *

Deux heures plus tard, Diane est installée dans sa chambre, ses deux filles dans les bras, encore sous le choc de cette double naissance.

Vincent est aux petits soins. Il lui a rapporté une tasse de thé bien chaud et, parce que l'heure de livraison du plateau-repas est largement dépassée, plusieurs paquets de gâteaux.

Soudain, Diane fond en larmes.

— Oh, ma bidouche, ne pleure pas. On va s'en sortir, ne t'inquiète pas. Dès demain, je vais aller acheter un autre berceau et tout ce qu'il faut pour accueillir ce bébé-surprise.

— Ce n'est pas pour ça que je pleure, hoquette-t-elle. C'est à cause du prénom.

— Du prénom ?

— Moi, je n'avais retenu que Margot et toi… Pimprenelle. Je ne veux pas que notre fille s'appelle Pimprenelle, sanglote Diane à chaudes larmes.

Vincent est sur le point d'éclater de rire, mais il se retient. Sa femme vient de donner la vie par deux fois, il ne se sent plus vraiment le droit de se moquer d'elle, même gentiment.

— L'appeler Pimprenelle serait une insulte à sa beauté. Regarde comme elle est belle.

Il prend le temps de réfléchir et d'observer sa deuxième fille, son inattendue.

— Qu'est-ce que tu penses de… Maggie ?

Le visage de Diane s'éclaire aussitôt.

— Maggie, c'est parfait ! s'écrie-t-elle.

Vincent, heureux, embrasse sa femme sur le front. Puis il s'assoit sur le rebord du lit, se perd dans la contemplation de ses deux petits anges endormis. Ses princesses. Il sait déjà qu'elles le mèneront par le bout du nez.

Margot et Maggie, sœurs jumelles imprévues.

TRENTE-CINQ ANS
PLUS TARD…

15 DÉCEMBRE

Maggie

Il n'est pas loin de 19 heures quand je referme la porte du cabinet après avoir dit au revoir à mon dernier patient, un petit Sacha de quatre ans. Il m'a fait de la peine à recouvrir son oreille de la main gauche à cause d'une vilaine otite. Même si les journées sont longues, j'adore mon métier de pédiatre. Dans quelle autre spécialité médicale est-il possible d'arborer un stéthoscope sur lequel sont clipsés une licorne et un panda ? Pas sûr que cela aurait fait très sérieux en urologie.

Je récupère mon sac ainsi que mon manteau et balaie la pièce d'un regard satisfait. Tout est fait pour atténuer l'angoisse des enfants et leur faire oublier qu'ils sont chez un médecin. Il y a des peluches, des coussins colorés, et bien entendu, en ce mois de décembre, la panoplie de circonstance : des guirlandes, des boules de Noël et même un petit sapin que j'ai réussi à caser entre mon bureau et l'armoire dans laquelle je range mes consommables. Chaque année, j'attends avec impatience le moment d'installer les décorations. Mes collègues de la maison de santé où j'exerce depuis bientôt trois ans, sont encore surpris de me voir débarquer, la veille du 1er décembre, les bras chargés de gros cartons débordants de fanfreluches. Mais qu'importe, les yeux brillants de mes petits patients lorsqu'ils découvrent ma mise en scène suffisent à me convaincre de continuer.

Avant de prendre la route pour rentrer chez moi, je passe par la salle de pause commune pour souhaiter une bonne soirée aux autres, et chiper un dernier morceau de la brioche que j'ai apportée ce matin. Hélas, comme ne travaillent ici que des ventres sur pattes, il n'en reste pas la moindre miette.

— Ta journée ? me demande Aglaé, l'une des deux médecins généralistes qui exercent ici.

— Bronchiolite, rhino à la pelle, vaccins et otites. Et toi ?

— Arthrose, gastro, douleurs lombaires, renouvellement de traitements. Ah ! et j'allais oublier, trois arrêts de travail pour épuisement pro.

— On fait quand même un chouette métier ! Tu as encore beaucoup de patients à voir ce soir ?

— Quatre. Mais dans le lot il y a mon hypocondriaque préféré, alors je ne suis pas partie. Je me demande ce qui l'amène. La dernière fois qu'il est venu, il s'était blessé et voulait que je le mette sous antibiotiques pour lui éviter une septicémie.

— Quel genre de blessure ?

— Il s'était coupé avec une feuille de papier.

— En effet, la septicémie n'était pas loin !

— J'ai beau lui répéter qu'il faut qu'il arrête de passer sa vie sur Cgravissimo.com, rien n'y fait. Il est inscrit sur presque tous les forums de discussion. Il me fait de la peine. Quoi de beau prévu ce week-end pour toi, sinon ?

— Pas grand-chose en dehors de la célébration annuelle de la naissance de Margot et Maggie, les jumelles inattendues.

— Suis-je bête. J'oubliais que c'était ton anniversaire demain.

— Oui, et comme chaque année, je suis sûre que nous aurons droit au récit de cette fameuse journée lors de laquelle nos parents, stupéfaits, ont découvert qu'ils n'allaient pas avoir un, mais bel et bien, deux bébés.

— Heureusement que les échographies ne font plus débat aujourd'hui. Comment va ta sœur ? Elle habite toujours chez toi ?

— Elle va plutôt bien, et oui, elle est toujours à la maison.

— Ça fait combien de temps qu'elle est divorcée maintenant ?

— Un peu plus de six mois. Elle ne l'admettra jamais, mais je suis certaine que la solitude lui colle une frousse bleue.

— Quand je pense que ma frangine et moi, on s'engueule si on reste plus de vingt minutes dans la même pièce, je t'admire de vivre avec la tienne depuis des mois.

— On s'adore. Et puis, avec nos horaires respectifs, on ne peut pas dire qu'on soit l'une sur l'autre en permanence.

Nous sommes interrompues par Marie, la secrétaire de la maison de santé.

— Aglaé ? Ton patient est arrivé, lui annonce-t-elle tout en cherchant à réprimer un sourire.

— Il t'a dit ce qui l'amenait, c'est pour ça que tu fais cette tête ?

— Il n'entend plus son cœur battre…, lui répond-elle en éclatant de rire, incapable de se contenir plus longtemps.

— Un homme vivant dont le cœur ne bat plus ? Si avec ça je ne gagne pas le prix Nobel de médecine, dit Aglaé en se levant. Profite bien de ton week-end d'anniversaire ! me lance-t-elle avant de quitter la salle commune.

* * *

Pousser la porte de chez moi me procure toujours un sentiment d'apaisement immédiat. Peu importe que la journée ait été chargée en pleurs d'enfants ou que mes cervicales soient tendues et douloureuses, lorsque je rentre dans mon appartement, c'est comme si tout disparaissait. J'ai ressenti le pouvoir de ce lieu dès ma première visite, si bien que j'avais fait une offre à l'agent immobilier avant même d'en être sortie. Je me souviens des heures qui ont suivi et de l'angoisse à l'idée de ne pas l'obtenir. À défaut d'avoir jamais eu de coup de foudre pour une personne, j'en avais eu un pour cet endroit.

Je ne saurai dire à quoi ça tient, la luminosité, la hauteur sous plafond, l'agencement des pièces, le parquet au sol… J'avais si peur de voir s'envoler la magie, que j'ai mis plus d'un an à le décorer. J'achetais meuble par meuble, objet par objet, je positionnais le nouvel arrivant à l'endroit auquel j'avais pensé, puis j'attendais plusieurs jours, pour être sûre que cela n'altérait pas l'ambiance. Ensuite, j'apportais autre chose et je répétais le processus.

Débarrassée de mon manteau et de mes chaussures, je me dirige vers la salle de bains pour me faire couler un bain, rituel du vendredi soir après une semaine bien remplie. J'ouvre le robinet et verse dans la baignoire une bonne quantité de savon moussant parfumé à l'amande que m'a rapporté Margot il y a quelques jours, avantage d'avoir une sœur qui travaille dans la parfumerie de luxe et les cosmétiques.

Voilà qui me laisse un peu de temps pour me préparer un petit plateau gourmand : un verre de vin blanc, des fines tranches de saucisson et quelques bretzels.

L'eau est délicieusement chaude lorsque je me plonge dedans. Je soupire d'aise, bois une gorgée de vin et ferme les yeux.

— Maggie ? Tu es là ? me demande ma sœur depuis le salon.

— Dans la salle de bains.

En moins d'une minute, ma jumelle déboule dans la pièce et se laisse glisser au sol, son manteau toujours sur le dos.

— Je déteste les humains ! lâche-t-elle sans préambule, avec humeur.

— Ce qui n'est pas l'idéal quand on travaille dans les ressources *humaines*, non ?

— J'aurais dû me casser le pied le jour où j'ai choisi cette voie. Non mais, fallait voir ça, aujourd'hui, un ballet incessant de râleurs dans mon bureau ! Le calcul des primes, le paiement des heures supplémentaires, sans oublier le préavis de grève pour la semaine prochaine alors qu'on approche de Noël. Ils vont finir par me rendre dingue. Dis, il fait chaud ici !

— Pas plus que d'habitude. Mais si tu enlèves ton manteau et ton écharpe, ça ira tout de suite mieux.

Margot baisse les yeux et semble seulement s'apercevoir qu'elle a oublié de se dévêtir en rentrant.

— Quand je te dis qu'ils me font perdre la tête ! J'aurais dû choisir médecine comme toi, ajoute-t-elle tout en ôtant ses couches superflues.

— Oui, parce qu'il est bien connu que les médecins ne soignent pas des gens, je réplique en riant.

— Et toi alors, continue ma sœur sans se laisser perturber, journée plus valorisante que la mienne ?

— Valorisante, je ne sais pas si c'est le mot que j'emploierais alors que l'ensemble de mes patients se mettent à pleurer quand je pose les yeux sur eux, mais bonne journée, oui. Au fait, tu as le bonjour d'Aglaé.

— Aglaé, c'est l'une des généralistes, c'est ça ?

— Oui. Elle est admirative de notre capacité à vivre toutes les deux sans nous écharper.

— Ça, c'est parce que je suis quelqu'un de très facile à vivre.

Je manque m'étouffer avec un bretzel.

— Hey, je te rappelle que je suis l'aînée et que tu me dois le respect, dit Margot avant de me chiper un petit gâteau apéritif.

— Je ne suis née que douze minutes après toi.

— Douze minutes, c'est douze minutes. Ça fait de moi la grande sœur.

Je ris.

— Tu crois qu'on aura encore droit au récit de notre naissance demain ?

— À moins que maman ne soit malade, je pense qu'on n'y coupera pas.

— « Margot et Maggie, mes jumelles inattendues », entonnons-nous en chœur.

* * *

Lorsque je finis par sortir de la salle de bains une bonne demi-heure plus tard, la faute à ce lait pour le corps – cadeau du jour de Margot – qu'il fallait bien que je teste, je trouve ma sœur installée devant la télé, vêtue d'un pyjama de satin noir et mules assorties. Presque comme moi, avec ma combinaison écrue en grosses mailles et mes chaussettes en laine, presque.

— Tu sais qu'il n'y a que nous dans cet appartement, lui fais-je remarquer, tu n'es donc pas obligée de te mettre sur ton trente et un pour ce qui va se terminer en soirée télé avec un gros bol de chips.

— Je suis en pyjama ! s'exclame-t-elle, l'air faussement indigné.

— Je crois que nous n'avons pas la même définition du pyjama, dis-je en la rejoignant sur le canapé. C'est à qui de choisir le film, déjà ?

— Tu sais très bien que c'est ton tour, grommelle Margot. Je suis certaine que tu ne penses qu'à ça depuis que tu t'es levée ce matin.

Excitée comme une gamine devant les portes de Disneyland, je frappe dans mes mains.

— Je n'ai pas ronchonné vendredi dernier devant *Les oiseaux se cachent pour mourir*, alors je compte sur toi pour faire un accueil digne de ce nom à *Maman, j'ai raté l'avion !*

— Tu sais qu'il y a eu d'autres films de Noël qui sont sortis depuis les années 1990 ? L'autre jour en me perdant sur Netflix, j'en ai même vu un qui se passe en Afrique. Du soleil, de la chaleur, tu n'as pas envie de te laisser tenter ?

— En Afrique ? Un film de Noël sans neige, ce n'est pas un film de Noël. C'est comme ton pyjama, tiens, incompatible avec le concept. Est-ce que tu imagines le Père Noël avec un costume vert à carreaux blancs ? Un traîneau sans rennes ? Des profiteroles sans coulis de chocolat chaud ? Eh bien, c'est pareil pour Noël sans froid. Personne n'a envie de passer Noël en bikini sous le soleil !

— Tu viens de décrire mon 24 décembre idéal. Une chaise longue avec un matelas moelleux, une plage de sable fin, le bruit des vagues, la douce chaleur des rayons du soleil qui caresse ma peau, hum, j'en frissonne.

— Moi aussi, d'horreur ! Mais comme tu es ma sœur et que je t'aime, je te pardonne ces propos indécents. Santa, excuse cette femme qui ne sait pas ce qu'elle dit, je lance, les yeux levés au ciel, avant d'éclater de rire.

— Aucune chance pour qu'on visionne le film qui se passe en Afrique, donc ?

— Non, aucune, répliqué-je en sélectionnant *Maman, j'ai raté l'avion !* sur l'écran.

16 DÉCEMBRE

Margot

6 heures du matin. Cela fait quelques mois maintenant que j'ai décidé de me lancer dans l'aventure du *Miracle Morning* après avoir entendu une émission à ce sujet à la radio. Le concept : profiter d'un moment pour soi avant de commencer une journée de travail stressante, avec un temps de silence, un temps de lecture et un temps d'écriture. Avancer l'heure du réveil s'était révélé assez difficile – les premiers jours, je luttais pour ne pas me rendormir sur mon livre, alors que je ne lis que des polars… genre peu connu pour ses effets soporifiques –, mais petit à petit, mon corps s'est habitué et je me suis prise au jeu. À présent, je ne peux pas imaginer me lever sans cette petite bulle qui n'appartient qu'à moi, week-end compris.

Mes écouteurs dans les oreilles, je déroule mon tapis de sol et m'assieds en position du lotus, avant de fermer les yeux et de démarrer une séance de méditation sur mon téléphone.

… Pour vous permettre de libérer les tensions accumulées, tensions mentales ou tensions physiques, commencez par de grandes inspirations dynamiques, simplement pour donner l'information au corps qu'il peut lâcher prise… Sur les prochaines inspirations,

vous monterez les épaules très haut, expirerez par la bouche avant de relâcher de nouveau...

Je me concentre sur mon souffle et sur la voix de celle qui me guide.

... Profitez de ce temps pour vous, un temps de calme, un temps de retour à soi... Laissez votre respiration descendre au niveau abdominal...

Mais, aujourd'hui, j'ai beaucoup de mal à faire le vide, parce que c'est mon anniversaire, le meilleur jour de l'année ! J'abandonne donc la méditation pour passer à l'écriture et confier mon excitation à Joey – le personnage de la série *Dawson* dont j'étais une fan inconditionnelle. Depuis que j'ai seize ans, je m'adresse à elle dans mon journal intime.

Je range mon tapis de sol et sors mon carnet Filofax dont la couverture en cuir violet est marquée par le temps. La fin d'année approchant, il ne reste plus beaucoup de pages blanches. Je pourrais bientôt jeter toutes celles noircies depuis le 1er janvier et les remplacer par un bloc neuf. Cela fait cinq ans que j'utilise ce système. Maggie n'a jamais compris pourquoi je veux me débarrasser des pages écrites, elle qui garde absolument tout « en souvenir ». Je crois qu'elle a encore quelque part l'autographe de David Charvet obtenu après des heures d'attente devant un hôtel où il avait rendez-vous pour une interview. Alors que je suis sûre qu'elle ne se retournerait même pas sur lui si elle le croisait dans la rue aujourd'hui. Moi non plus d'ailleurs[1].

En ce qui me concerne je n'aime pas trop conserver des souvenirs – encore moins mes pages de journal intime –, ça me rend toujours mélancolique et un peu trop consciente

1. *Should I leave, or should I stay. Should I come back, another day* – lalala lalalala.

du temps qui passe. Au moins, je ne suis pas tentée de relire ce que j'ai écrit il y a deux, cinq ou dix ans et constater que certains de mes rêves se sont envolés.

Chère Joey,

Nous sommes le 16 décembre ! Ce jour que j'attends depuis l'an dernier : mon anniversaire ! Le mien et celui de Maggie bien sûr, mais comme je suis née douze minutes avant elle, je considère que je suis prioritaire. De toute façon, Maggie ne pense qu'à Noël, alors elle ne m'en tient pas rigueur.

Hier soir, elle m'a obligée à regarder Maman, j'ai raté l'avion ! *Tu le crois, ça ? Bon, d'accord, elle a supporté plusieurs heures de Ralph de Bricassart la semaine dernière, mais je ne méritais tout de même pas un tel châtiment en représailles. Non pas que je n'aime pas Noël, c'est juste que j'en ai un peu marre de tous les clichés autour de cette fête, le sapin, les guirlandes, les bougies, ça me saoule, à force. Je rêve d'un Noël différent… Je te vois venir, cela n'a rien à voir avec mon divorce et le fait que je me retrouve célibataire cette année, rien du tout. C'est… toute cette pression, j'ai envie d'autre chose pour une fois. Même si je sais qu'il n'y a aucune chance que j'échappe au combo dinde aux marrons et* « Jingle Bells » *à gogo.*

En attendant, tout ça ne va pas m'empêcher de savourer cette journée. Est-ce que je te l'ai dit ? Aujourd'hui, c'est mon anniversaire !!!

XoXo

Margot

Je referme mon carnet et l'échange contre le polar que je suis en train de lire. Un coup d'œil sur ma montre m'indique qu'il me reste une petite demi-heure pour avaler quelques chapitres. À nous deux, serial killer collectionneur d'orteils.

* * *

Je suis toujours plongée dans les affres de la noirceur humaine, lorsque Maggie frappe à ma porte avant de l'entrebâiller.

— Joyeux anniversaire ! lance-t-elle avec enthousiasme. Partante pour un petit-déj au lit avec ta jumelle préférée ?

— C'est mon estomac qui t'a envoyé un SMS ? Il gargouille comme jamais depuis tout à l'heure. C'est cette histoire de doigts de pieds découpés à la tenaille, ça lui a donné faim.

Maggie pousse la porte et s'approche du lit, les bras chargés d'un plateau couvert de victuailles.

— Je ne comprendrai jamais le plaisir que tu prends à lire de telles atrocités.

— Ça me détend. Il n'y a pas comme une drôle d'odeur ? je demande, en plissant le nez alors que Maggie s'installe à côté de moi et pose son plateau entre nous deux.

— J'ai tenté de faire des pancakes mais je les ai fait un peu trop cuire…

— Un peu ? Celui-là est carrément cramé, je rétorque, en désignant une galette noircie sur le dessus de la pile.

— Oui, bon, d'accord, je les ai fait beaucoup trop cuire. Mais c'est l'intention qui compte, non ? T'inquiète, le reste est sans risque.

— Sans risque ?

— Non cuisiné par mes soins, quoi, répond Maggie en rigolant. Il y a des croissants tout chauds de la boulangerie, des gaufres avec de grosses perles de sucre, des clémentines, du pain et du miel.

— Ça, c'est ce que j'appelle un petit-déjeuner d'anniversaire, dis-je en mordant dans un croissant au beurre croustillant.

Maggie, elle, tartine une tranche de pain d'une généreuse couche de miel.

— Joyeux anniversaire, sœurette, je reprends. Au fait, j'ai un cadeau pour toi. Ça n'a pas été une mince affaire, mais j'ai fait jouer mes relations…

Maggie écarquille les yeux.

— Ne me dis pas que c'est…

— La routine anti-âge révolutionnaire *La Prairie* qui ne sortira qu'en janvier ? Tout à fait.

Ma sœur pousse un cri de joie et se jette dans mes bras, renversant au passage une partie du contenu du plateau sur mes draps.

— Tu es la meilleure jumelle de toutes les jumelles du monde ! me remercie-t-elle.

— J'avoue que je ne comprendrai jamais ta passion pour les crèmes et autres cosmétiques, mais ça me fait plaisir de te faire plaisir.

— Attends que j'annonce ça à Aglaé, elle va être verte de jalousie, s'enthousiasme Maggie. Ça fait des semaines qu'on regarde leurs *stories* sur Instagram. Cette routine a l'air dingue !

— Dingue, je ne sais pas, carrément hors de prix, ça c'est certain. Mais il faut bien que je trouve quelques avantages à bosser pour ce labo.

— En guise de remerciements, tu peux me demander toutes les boîtes de compresses que tu veux.

— J'avoue qu'il y a de quoi être tentée. Une boîte de cent compresses 15 × 15, ça ne se refuse pas, je réplique en riant.

— C'est comme si c'était fait. Avoue que c'est aussi une sacrée chance d'avoir une sœur pédiatre.

— Je le reconnais. Et puis qui sait, si un jour j'ai des enfants, tu pourras te déplacer à n'importe quelle heure du jour – et de la nuit – pour les soigner… J'investis dans l'avenir en ce qui me concerne.

— En parlant d'avenir, il ne faut pas qu'on traîne trop si on veut arriver chez les parents à l'heure. Je te laisse la salle de bains, j'ai déjà pris ma douche. Et encore merci pour mon cadeau, je vais de ce pas envoyer un message à Aglaé.

Aussitôt que Maggie est sortie de ma chambre, je me lève et choisis avec soin une tenue dans ma penderie. Un pantalon taille haute noir et une fabuleuse chemise en satin vert émeraude que je me suis offerte le mois dernier et que je n'ai pas encore eu l'occasion de porter. Puis j'emporte le tout dans la salle de bains. Quand j'entre dans la pièce, je découvre que Maggie m'a fait couler un bain et qu'elle a écrit « Joyeux anniversaire » au rouge à lèvres sur le miroir. Sur le rebord du lavabo, elle a déposé une boîte ornée d'un gros ruban rouge. À l'intérieur se trouve un foulard Hermès, un de ceux qui m'ont fait de l'œil lors de ma dernière virée shopping. Dans les tons orange et bleu, il est juste parfait.

— C'est moins utile qu'une boîte de compresses, mais ça t'ira mieux au teint, me dit Maggie en me rejoignant dans la salle de bains.

— Merci, sœurette. Il est magnifique. Ça fait des années que je rêve d'en avoir un.

— Je sais. Bon, allez, ajoute-t-elle après m'avoir serrée dans ses bras, je te laisse prendre un bain avant qu'on se mette toutes les deux à pleurer comme des madeleines. J'ai reçu un message de maman, elle nous attend à midi pile. Et il paraît qu'elle a une grande nouvelle à nous annoncer, je crains le pire.

Maggie

Au volant de ma voiture, j'ai mal aux mains tant elles sont crispées sur le volant.

— À ton avis, qu'est-ce qu'elle va nous dire ? je demande à Margot alors que nous ne sommes plus qu'à quelques kilomètres de la maison. Je n'arrête pas d'y penser depuis son message.

— Je n'en ai aucune idée. Connaissant maman, ça peut être tout et n'importe quoi, du plus insignifiant au truc le plus énorme.

— J'espère que ce n'est rien de grave…

— Elle a toujours été un peu bizarre, mais même elle n'utiliserait pas l'expression « grande nouvelle » pour nous apprendre qu'elle a un cancer.

— Tu crois ?

— Mais oui. C'est ton côté médecin qui te fait envisager le pire. Je suis sûre qu'elle va nous sortir qu'elle a décidé de repeindre la cuisine. Et puis, c'est notre anniversaire, et pour elle aussi c'est une date importante, alors je ne la vois pas nous faire un coup comme ça aujourd'hui.

— Oui, tu dois avoir raison.

— Normal, je suis l'aînée.

— De douze petites minutes seulement, je te rappelle.

— C'est douze minutes de sagesse en plus, et multipliées par le nombre d'années, ça commence à compter. Tiens, regarde, il y a une place, m'indique ma sœur alors que nous ne sommes qu'à une dizaine de mètres de la maison de notre enfance.

Je me gare et tente de faire taire mon inquiétude, sans succès.

* * *

Notre mère est rayonnante lorsqu'elle nous ouvre la porte. Voilà qui balaie, au moins pour quelques minutes, mes craintes d'annonce de maladie mortelle.

— Ah, mes petites chéries, comme je suis contente de vous voir ! s'exclame-t-elle comme si notre dernière visite remontait à une éternité, et non à trois semaines à peine. Entrez, vous allez vous geler les os dehors.

Elle s'efface pour nous laisser le passage. Je remarque tout de suite qu'elle a repeint le couloir dans des tons vert pastel et rose poudré. L'hypothèse de Margot doit être juste, notre mère va sans doute nous parler d'une énième redécoration. Je ne sais pas d'où lui vient ce besoin permanent de changement. Quand nous étions petites, il ne se passait jamais plus de trois mois sans qu'elle nous propose de changer les meubles de place dans nos chambres, et ce pour le plus grand plaisir de ma jumelle qui adorait ça aussi. Face à elles deux, j'avais le sentiment d'être une extraterrestre à vouloir garder ma disposition, à conserver mes posters. Il me fallait du temps pour me sentir bien dans mon univers, je ne voulais pas risquer de rompre cet équilibre.

Dans le salon, notre père s'active devant la cheminée. Une douce chaleur règne dans la pièce et comme chaque fois, je me laisse hypnotiser par le mouvement des flammes.

J'aime le froid de décembre rien que pour le plaisir de se réchauffer au coin du feu. D'ailleurs, quand on y réfléchit, tout devient plus doux lorsque s'y ajoute l'expression « au coin du feu ». Faire du repassage, laver les carreaux, s'engueuler même devient presque agréable si c'est « au coin du feu ».

— Bonjour, papa, lance Margot en s'approchant de notre père pour lui faire une bise avant de s'installer sur le canapé. Maman t'a encore embauché pour jouer les peintres ? demande-t-elle en désignant les murs qui, comme ceux du couloir, sont ici passés du taupe au gris clair.

— Vous connaissez votre mère... Quand elle est prise d'une envie de changement, rien ne peut se mettre en travers de son chemin. Heureusement pour moi, ça s'est toujours limité à la décoration intérieure.

Je crois que je n'ai jamais rencontré deux êtres s'aimant plus fort que mes parents. Malgré les années, les épreuves de la vie et le côté fantasque de ma mère, quand ces deux-là sont dans la même pièce, ça dégouline d'amour. J'ai grandi avec cette image du couple parfait : résultat, à trente-cinq ans, je suis encore célibataire et n'ai jamais ressenti pour quiconque l'émotion décrite par ma mère lors de sa rencontre avec mon père. Pourtant, je suis certaine que mon tour viendra. C'est pourquoi je garde mes distances avec les histoires sans cœur. Pas question de prendre le risque de laisser passer l'amour de ma vie sous mon nez parce que j'aurais été distraite par une relation sans lendemain.

— Maman m'a dit qu'elle avait une grande nouvelle, j'imagine que tu sais ce que c'est ? j'interroge mon père en prenant place à côté de ma sœur.

— Depuis son texto, Maggie est persuadée que maman va nous apprendre qu'elle va mourir. Vous savez pourtant qu'il ne faut pas laisser planer ce genre de suspense avec elle, enchérit Margot en évitant de justesse le coup de coussin que je tente de lui asséner.

— Pourquoi penses-tu que je vais mourir ? Je me porte comme un charme ! s'offusque notre mère en nous rejoignant, un plateau avec quatre flûtes et une bouteille de champagne dans les mains. Et quand bien même ce serait le cas, jamais je ne vous le dirais aujourd'hui. Le 16 décembre est sacré. Mes jumelles inattendues…, commence-t-elle d'une voix soudain chevrotante.

Ses yeux s'embuent, Margot et moi nous adressons un clin d'œil complice.

— Jamais je n'aurais cru recevoir un si beau cadeau. Deux merveilles en même temps. Nous étions les plus heureux des parents, n'est-ce pas, Vincent ? Enfin, en ce qui te concerne, après que tu as repris connaissance, le taquine ma mère.

— Il s'agit d'une légende urbaine. Personne n'est là pour témoigner d'une quelconque faiblesse de ma part, rétorque ce dernier tout en ouvrant la bouteille de champagne.

— J'étais là, moi, pardi ! Et je sais très bien ce que j'ai vu. Tu as tourné de l'œil !

Après avoir rempli nos flûtes, mon père s'assoit à côté de sa femme et lui dépose une bise sur les cheveux en guise de reddition. Ce geste, pourtant banal entre eux, me fait monter les larmes aux yeux.

— Allez, ma bidouche, ne laisse plus languir tes filles comme ça.

— Votre père et moi avons décidé…, dit-elle d'un air grave après avoir acquiescé.

Ne me dites pas qu'ils ont décidé de se séparer ? Les battements de mon cœur s'accélèrent d'un seul coup. Non, pas eux, impossible… Ils s'aiment beaucoup trop pour ne pas vieillir ensemble.

— … de partir faire un safari en Afrique pour les fêtes de Noël ! conclut-elle avec un énorme sourire.

Je respire à nouveau. Je me disais aussi qu'ils ne pouvaient pas se…

— Quoi ? Un safari à Noël ? m'exclamé-je. Mais, et notre repas de famille ? Et le traditionnel karaoké des Carpentier ? Ne me dites pas que c'est Margot qui vous a influencé avec son histoire de film sur Netflix !

— Hé ! Je n'y suis pour rien, se défend aussitôt Margot.

— C'est vrai, Margot n'a rien à voir là-dedans, intervient notre mère. Nous parlons de faire ce voyage depuis des années et l'occasion s'est présentée, alors… Et puis, de toute façon, vous ne serez pas là, vous non plus. Nous n'allions pas rester tous les deux à nous regarder dans le blanc des yeux au-dessus d'une dinde de trois kilos !

— Comment ça, nous ne serons pas là ? Ce n'est pas parce que nous avons trente-cinq ans que nous allons du jour au lendemain cesser de fêter Noël avec vous ! N'est-ce pas, Margot ?

— Non, bien sûr que non, répond ma jumelle avec un entrain que j'aimerais nettement plus marqué.

— Je pensais attendre le dessert mais…

Maman se lève et se dirige vers le secrétaire en merisier hérité de sa grand-mère. Elle ouvre l'un des tiroirs et en sort deux grandes enveloppes qu'elle nous tend en se rasseyant.

— Joyeux anniversaire, mes princesses !

Intriguées, Margot et moi échangeons un regard avant de commencer à décacheter nos missives, loin de nous douter de leur contenu.

— « Bon pour un voyage d'une semaine », lit ma sœur à voix haute. Un voyage ? Mais où ça ? Il n'y a rien de précisé, dit-elle en retournant plusieurs fois la feuille cartonnée.

À mon tour, je découvre le même message, ainsi que la mention du jour, de l'heure du départ et de l'aéroport.

— Je ne comprends pas… Vous nous emmenez en Afrique avec vous, c'est ça ? je demande, incrédule et affolée à l'idée de devoir troquer mon réveillon adoré contre une nuit dans une tente au beau milieu de la savane.

Et avec des mygales…

— Tu n'y es pas du tout, ma fille, me répond ma mère avant d'éclater de rire – probablement à cause de mon expression paniquée. Nous voulions marquer le coup pour votre anniversaire et vous offrir à chacune un voyage pour les fêtes.

— On ne sait même pas où on part, je fais remarquer en inspectant le mot sous tous ses angles, au cas où j'aurais manqué une inscription ou une petite ligne comme celles qui figurent dans mon contrat d'assurance en responsabilité professionnelle et que, bien sûr, je n'ai pas pris le temps de lire.

— Ce sera la surprise ! s'enthousiasme notre mère. N'est-ce pas excitant ?

« Excitant » n'est pas vraiment le terme que j'aurais employé. « Terrorisant » me semble bien plus adapté.

— Je ne suis pas contre les surprises, mais ça complique un peu les choses pour les valises, argumente ma sœur.

— Oui, Margot a raison, ça complique les choses, je m'empresse de répéter, fébrile.

Je reconnais bien là ma jumelle et son esprit pratique.

— Vous avez un indice dans l'enveloppe, nous rétorque notre mère, les yeux pétillants de celle qui se réjouit de son stratagème.

Margot plonge la main dans son enveloppe pour en extraire un petit coquillage. Inquiète, j'entrouvre la mienne pour y découvrir au fond…

— Un grelot ?

— Oui ! répond maman en battant des mains telle une enfant de huit ans. Ça vous fait plaisir ?

— C'est un peu… inattendu, bredouillé-je en tentant de capter du soutien du côté de ma sœur qui, elle, est absorbée par l'observation de son coquillage.

— Tahiti ! s'exclame-t-elle soudain. Vous m'offrez un voyage à Tahiti !

— Je ne dirai rien de plus, n'essayez même pas. Vous recevrez un mail de l'agence de voyages avec toutes les informations quand vous serez à l'aéroport. Et si on mangeait ? Je ne sais pas vous, mais je meurs de faim ! conclut-elle tout sourires.

Un voyage surprise pour Noël… Un grelot… Je regrette presque l'annonce de la maladie.

— Toi, tu te dis que finalement tu aurais préféré que maman nous apprenne qu'elle était malade, me murmure Margot alors que nos parents se dirigent vers la cuisine.

— Pas du tout ! m'offusqué-je. Bon, je l'avoue, mais j'ai pensé que je le regrettais « presque », j'ajoute en mimant des guillemets. C'est important « presque ». Je ne suis pas un monstre non plus.

— À table ! nous lance notre mère. Je sais que vous aimez vos lasagnes d'anniversaire, mais pour une fois, j'ai décidé d'innover. Après tout, c'est le jour des surprises.

Nous la regardons déposer sur la table une grosse cocotte en fonte noire qu'elle n'avait, j'en suis sûre, encore jamais utilisée.

— Qu'est-ce que c'est ? demande Margot.

— Une daube de joues et de pieds de veau !

Tout fout le camp !

Margot

Je savais notre mère un peu fantasque, mais là j'avoue qu'elle s'est surpassée. Et je ne parle même pas du plat de résistance.

De retour à l'appartement, vers 18 heures, Maggie tourne et retourne son grelot dans tous les sens depuis près d'un quart d'heure.

— Tu feras la bise à Potiron pour moi ?

— Hein ? La bise à qui ? réagit-elle au bout de quelques secondes.

— Potiron ! On dirait le grelot du bonnet de Oui-Oui, tu ne trouves pas ?

Je me mets à chanter, hilare : « En avant Oui-Oui, c'est toi qui conduiiiiiis. »

— Tu es aussi folle que maman, rétorque Maggie en réprimant un sourire.

— J'avoue qu'elle a fait fort aujourd'hui.

Maggie ne semble vraiment pas dans son assiette.

— Tu angoisses de ne pas connaître ta destination ?

J'ai toujours détesté la sentir mal.

— Oui, non, je ne sais pas. C'est juste que… Ce sera la première fois qu'on ne fêtera pas Noël ensemble. Ça ne te fait rien, à toi ?

— Ce sera peut-être un peu bizarre, oui, mais on se rattrapera avec le réveillon du jour de l'an.

— Le jour de l'an, c'est nul, bougonne Maggie.

— Je pense qu'ils ont du réseau au pays des lutins, tu sais, on pourra s'appeler.

— Au pays des lutins ?

— Toi, il faut d'urgence que tu manges quelque chose, ton cerveau est en grave manque de carburant. Le grelot, les lutins, c'est pourtant évident, non ? Des petits personnages avec des oreilles en pointe, qui aident un gros bonhomme en costume rouge à fabriquer des jouets ? Je mets ma main à couper que les parents t'envoient au pays du père Noël.

— À Libourne ?

Cette fois, j'éclate de rire.

— Mais non, patate. Pas la *poste* du père Noël, le *pays*. La Laponie ! Maman sait que tu rêves d'y aller.

— Tu penses que c'est ça, le grelot ?

— Évidemment ! Ce n'est pas pour t'indiquer que tu vas aller passer quatre jours aux pays des oignons. On connaît notre mère et ses idées surprenantes, mais sur ce coup-là, je pense qu'elle a vraiment envie de nous faire plaisir.

Les yeux de Maggie brillent peu à peu d'une lueur qui ne trompe pas. Oui, ce sera étrange de ne pas être avec ma jumelle le soir de Noël, mais la perspective de lézarder sur une plage de sable fin, en bikini et lunettes de soleil est pour le moins alléchante. Exactement ce que j'écrivais dans mon journal ce matin.

— J'ai faim. Ça te dirait une raclette ? me propose ma sœur. Après tout, il fait froid en Laponie, il faut que je renforce ma couche protectrice naturelle.

— Si je suis ton raisonnement, en ce qui me concerne, il serait préférable de manger un bouillon de légumes sans sel, histoire d'amincir la mienne. Mais, va pour la raclette – c'est pour ça qu'on a inventé les paréos, non ?

18 DÉCEMBRE

Margot

C'est l'effervescence aujourd'hui chez Cosmélux. Tout le monde ne parle que du Secret Santa de ce soir. Depuis le rachat par une filiale américaine et l'installation d'une nouvelle direction, de nombreuses traditions importées ont fait leur apparition. Mais c'est la première année que nous nous lançons dans l'organisation d'un père Noël secret. Après concertation, nous avons décidé de limiter le montant du cadeau à vingt euros maximum. Je suis assez fière de la petite bourse en velours que j'ai dénichée dans une friperie, dans laquelle j'ai glissé deux bougies parfumées miniatures, avec un bel emballage pour parfaire le tout. À mon arrivée, je suis passée déposer mon cadeau à l'endroit indiqué dans le « protocole » du Secret Santa – on se croirait à la NASA –, en prenant bien garde que personne ne soit dans les parages.

Je sens que mon équipe va avoir du mal à se concentrer sur les tâches de la journée, alors foutu pour foutu…

— Est-ce que l'une d'entre vous a déjà passé Noël à Tahiti ?

C'est Julie, une de mes collaboratrices, qui réagit la première.

— Tahiti ? Euh, non. Le plus loin que je sois jamais allée, c'est Trou-sur-Mer. En Normandie. Mes beaux-parents ont un mobile-home dans un camping et ils nous le prêtent chaque année en juillet. Vous connaissez ? Bizarrement, les gens préfèrent aller à Deauville ou à Cabourg, alors que c'est super joli, Trou-sur-Mer, et il y a moins de monde[1].

— Non, je ne connais pas… Et je le regrette.

Ou pas, pensé-je aussitôt.

— Vous avez l'intention de partir à Tahiti pour les fêtes ? s'enquiert Camille, que je devine peu intéressée par les activités balnéaires de Trou-sur-Mer.

— À vrai dire, je ne sais pas si ce sera Tahiti ou une autre plage de sable fin du même genre. Pour notre anniversaire, nos parents nous offrent un voyage mystère à Maggie et moi. Nous décollons le 21 décembre, et nous n'avons qu'un seul indice chacune pour préparer nos valises. Le mien, c'est un coquillage.

Mais attends, il y a des coquillages sur les plages de Trou-sur-Mer, non ? je m'interroge soudain avec effroi. Serait-il possible qu'une agence de voyages ait convaincu ma mère des bienfaits d'un tourisme local, de l'air vivifiant de la Normandie – ou même, d'une plage de *galets*, adieu sable fin ? Absolument. Et c'est bien ce qui me fait peur.

— Et quel était l'indice de votre sœur ?

— Un grelot. Elle rêve d'aller en Laponie, alors je suis quasiment certaine que c'est là-bas qu'ils ont prévu de l'envoyer.

— Je ne sais pas si je serais capable de partir en vacances sans savoir où je vais, dit Camille. Ma femme se moque de moi parce que je planifie nos menus sur le mois, alors…

— Moi, j'ai réglé le problème en ayant un repas pour chaque jour de la semaine. Le lundi : raviolis, le mardi : chipo-purée, le mercredi : endives au jambon…, nous explique Julie.

---

1. Tu m'étonnes…

— Et tu n'en as pas marre de manger tout le temps la même chose ?

— Non. C'est une question d'habitude.

Je suis à deux doigts de lui demander si c'est aussi raviolis les lundis de juillet à Trou-sur-Mer, mais je m'abstiens. Par peur de la réponse.

Nous sommes interrompues par Aline, du service comptabilité. Il est 11 h 01, c'est l'heure de la pause.

— Vous descendez prendre un café ?

Chaque jour, Aline passe la tête dans le bureau pour poser cette question, comme si la réponse ne pouvait être autre que...

— Oui, bonne idée, on arrive !

C'est comme une pièce de théâtre qu'aucune n'a conscience de jouer. Tous les jours la même représentation, les mêmes personnages et les mêmes dialogues. Une pièce qui se poursuivra à 12 h 30 par un deuxième acte, lorsque Aline appellera Camille sur son poste pour lui proposer d'aller déjeuner au self de l'entreprise.

Après une rapide vérification sur Internet, je pousse un soupir de soulagement et me lève pour suivre mes collègues. Ouf, il n'y a pas d'aéroport à Trou-sur-Mer.

* * *

La grande salle de réunion est méconnaissable. Si Maggie était là, elle tomberait en pâmoison devant la nouvelle décoration aux couleurs de Noël. Des guirlandes lumineuses courent le long des murs, des boules de toutes les tailles sont suspendues au plafond, et des tables poussées contre les murs sont recouvertes de nappes avec des motifs de rennes, garnies de pichets de chocolat chaud fumant et d'assiettes de biscuits en forme d'étoile. Le clou du spectacle : un immense sapin décoré avec goût trône en plein milieu de la pièce. À son pied, les cadeaux du Secret Santa, déposés par Marianne, l'organisatrice en chef de l'événement.

Encore une adepte de la Laponie plutôt que de Tahiti...

Malgré l'heure tardive pour certains, personne ne manque à l'appel. Je ne me souviens pourtant pas d'avoir reçu des mails de plainte à ce sujet, à la différence du mois dernier, lorsque je m'étais retrouvée noyée sous les récriminations à cause de l'horaire de l'assemblée générale : je ne pensais pas aux gens qui ont des enfants à récupérer/des chiens à promener/des poésies à faire réciter/des cours de judo, poney, piscine, flûte traversière (rayer la mention inutile).

— Ho, ho, ho ! lance Marianne, très investie dans son rôle, pour ramener le silence parmi les salariés. Merci à tous et à toutes d'avoir accepté de participer au premier Secret Santa de Cosmélux. Comme je sais que beaucoup d'entre vous ont des obligations familiales[1], nous allons démarrer la distribution sans perdre de temps.

Elle joint le geste à la parole, attrape un premier paquet et appelle le nom inscrit dessus, puis enchaîne avec les autres. Même si aucun de nous ne souhaite se trahir en montrant un peu trop d'intérêt lors de l'ouverture d'un cadeau, la tension est palpable.

— Margot Carpentier !

Je m'approche de Marianne pour recevoir la petite boîte qu'elle me tend, remerciant à voix haute, comme ceux avant moi, mon père Noël secret. Je me surprends à être gagnée par l'excitation du moment et de la surprise. J'ai toujours aimé les surprises. Je déchire l'emballage sans ménagement et manque de m'étrangler.

---

1. Course de tondeuse à gazon, plongée libre sous marécage, orteil de fer... (Rayer la mention inutile.)

Un sac banane ? En fourrure rose fluo ?

Je déteste les sacs banane. Les sacs banane devraient être bannis à jamais des penderies. Quant à la fourrure rose fluo…

J'en déduis que mon père Noël secret est quelqu'un qui me hait.

— Je vous souhaite de très joyeuses fêtes de fin d'année, s'enthousiasme Marianne, alors qu'elle vient de distribuer le dernier cadeau.

Moi, ma dignité et mon sac banane en fourrure rose fluo, nous dirigeons vers le buffet pour noyer notre joie dans un bon chocolat chaud.

— Désolé, il ne nous reste plus que du lait de poule, m'informe Didier, le responsable du service entretien, enrôlé par Marianne dans sa « brigade des Cosmélutins ». Je vous en sers un verre ?

Je ne digère pas le lait de poule.

C'est à quelle heure, déjà, le vol pour Tahiti ?

20 DÉCEMBRE

Maggie

— On tire bien la langue et on fait « Aaaah ».

C'est Noël avant l'heure pour le petit Ronaldinho à qui je donne l'autorisation de faire ce qui, habituellement, lui vaut des réprimandes. Ni une ni deux, il m'offre l'un de ses plus beaux tirages de langue, avec vue imprenable sur ses amygdales et son pharynx rouge vif.

— C'est très bien, mon bonhomme, je vais maintenant te chatouiller avec ce petit bâton pour savoir quels médicaments il faut te donner. Ça ne te fera pas mal, ne t'inquiète pas. Voilà, c'est fini, tu as été parfait ! Et tu peux rentrer ta langue maintenant, suis-je obligée d'ajouter.

Prélèvement en main, je retourne à mon bureau pour terminer le test de diagnostic rapide. Après quelques minutes, j'annonce à la maman :

— Le résultat est négatif ! Il n'aura pas besoin d'antibiotiques, il faudra surtout le garder au chaud quelques jours si vous le pouvez.

Le mois de décembre bat son plein, c'est la fête aux virus et bactéries en tous genres. J'hésite à proposer des cartes de fidélité – trois maladies contractées, une maladie offerte – pour certaines familles qui reviennent me voir tous les dix jours. Depuis ce matin, j'enchaîne les consultations en priant, comme chaque année, pour passer au travers des microbes que mes jeunes patients déversent à grand renfort de toux.

— Est-ce que tu as fait ta liste au père Noël, mon grand ?

Ronaldinho hoche vigoureusement la tête.

— J'ai commandé une poupée qui fait pipi, un gros tracteur et de la patate mollette.

— De la patate mollette ?

— Oui, pour faire des saucisses et des gâteaux, me répond-il comme si ça tombait sous le sens.

— De la pâte à modeler, me souffle sa mère avec un clin d'œil alors qu'elle aide son fils à enfiler son manteau.

Évidemment. De la patate mollette pour faire des saucisses et des gâteaux, suis-je bête.

— Au r'voir, madame.

— Au revoir, Ronaldinho.

* * *

Deux bronchiolites, trois gastros et une rhinopharyngite plus tard, je ferme la porte de mon bureau pour deux semaines de vacances bien méritées. Je me sentais coupable au début de mon activité de laisser mon cabinet pendant une si longue période, mais cela fait quelques années que je ne m'en fais plus pour ça. De toute façon, c'est bien connu, les enfants sont nettement moins malades entre le 25 et le 31 décembre.

Un pot de Noël est prévu dans la salle de pause, tout le monde a déjà un verre à la main lorsque j'arrive.

— Hé, vous auriez pu m'attendre ! je m'insurge. Encore une fois, je constate que je travaille bien plus que vous.

— Mais nous, on soigne de vraies maladies, raille Aglaé.

— Gna gna gna, je rétorque avec un sens aigu de la repartie, en remplissant ma coupe de champagne pour trinquer avec elle.

— Il est temps que tu partes en vacances, tu commences à t'exprimer comme tes patients. D'ailleurs, en parlant de ça, tes bagages sont prêts pour le grand départ demain ? me demande Aglaé.

— Non. Il faut que je m'y mette.

— Tu décolles à quelle heure ?

— 11 heures. Ce qui veut dire une arrivée à Orly au moins deux heures avant.

— Ça va, t'es large !

— J'ai essayé plusieurs fois, mais ça me bloque de ne pas savoir où je vais. Chaque fois que je veux mettre un vêtement dans la valise, je ne peux m'empêcher de me demander : « Est-ce que ça va t'être utile là où tu vas ? » Sauf que je ne peux pas répondre à cette fichue question. Résultat, pour l'instant je n'ai mis que des sous-vêtements. Quelle que soit la destination, je suis à peu près sûre d'avoir besoin de culottes.

— Sauf si ta mère t'a réservé un séjour chez les nudistes, intervient Éric, le second médecin généraliste de la maison de santé.

Je l'aimais bien, jusque-là.

— Quel serait le rapport avec le grelot ?

— Une version adulte de Oui-Oui, genre Oui-Oui au pays des Tout-nus, dit-il avant d'éclater de rire.

Je savais que je n'aurais pas dû leur raconter cette histoire de voyage mystère. Depuis, c'est le sujet de conversation numéro un autour de la machine à café.

— Ne l'écoute pas, il est juste jaloux parce que lui n'aura rien à raconter au retour des vacances.

— Détrompe-toi ! Ma femme a invité sa tante pour le réveillon de Noël. Pour mon plus grand plaisir, chaque fois que je la vois, elle me sert tout son passé médical sur un plateau. Et quand je dis tout, c'est tout. Or, je sais qu'il y a quelques mois, elle a subi une intervention chirurgicale pour une fissure anale. Alors, je te prie de croire que je ne suis pas pressé d'être au 24 décembre. Si elle doit me raconter ça dans les moindres détails entre le fromage et la bûche, je vous promets que vous en saurez autant que moi. Je ne voudrais pas priver mes chères consœurs d'une si belle histoire. Santé ! conclut-il en levant sa coupe de champagne.

* * *

Avec Margot, on a décidé de se faire un réveillon anticipé puisque nous ne serons pas ensemble le 24 décembre, et ce pour la première fois en trente-cinq ans. (Enfin, on a décidé... J'ai décidé et elle ne s'y est pas opposée.) Comme je savais que je ne serais pas de retour très tôt, j'ai réservé une prestation de chef étoilé à domicile pour l'occasion. Si tout se déroule comme prévu, le chef cuisinier a récupéré les clés de mon appartement auprès du gardien sur les coups de 18 heures et doit être en train de nous mitonner un bœuf Wellington accompagné de pommes de terre rôties au romarin.

Le fumet qui m'accueille lorsque j'ouvre la porte me fait instantanément saliver. Je me dirige vers la cuisine et entraperçois la table déjà dressée dans le salon. Un homme vêtu de blanc est en train de s'affairer. Il émince des champignons et pendant plusieurs secondes, je l'observe en silence, fascinée par sa vitesse. Il finit par se rendre compte de ma présence, et lève les yeux de sa planche à découper.

— Bonsoir, madame.

— Bonsoir, je suis Maggie Carpentier ! Tout se passe bien ? Il ne vous manque rien ?

— Non, tout est OK. Les feuilletés apéritifs seront prêts à être servis d'ici une petite demi-heure, cela vous convient ?

— Oui, c'est parfait. Ma sœur ne devrait pas tarder à rentrer.

Je m'éclipse et décide d'aller prendre une douche rapide, histoire de me débarrasser des miasmes de mes derniers patients.

Je suis en train de me tartiner de crème pour le corps quand Margot frappe à la porte avant d'entrer dans la salle de bains.

— Est-ce qu'on peut embaucher ce type à vie ? me demande-t-elle tout en agitant une drôle de forme rose fluo de la main droite.

— T'as vu la vitesse avec laquelle il manie son couteau ?

— J'ai surtout vu qu'il était canon !

— Ah oui ? J'ai pas fait gaffe.

— J'en étais sûre. Comment peux-tu savoir que tu n'as pas rencontré l'homme de ta vie si tu ne regardes pas, *a minima*, ceux qui sont à un mètre de toi ? Ouvre un peu les yeux quand il nous servira.

— En parlant d'yeux, c'est quoi, ce truc qui va me rendre aveugle ?

— Ça ? C'est le cadeau de mon Secret Santa. Un sac banane de toute beauté, fabriqué avec une étoffe chic et dans un coloris discret…

Je pouffe. Pour l'avoir entendue m'en faire un argumentaire de vingt minutes, je connais l'aversion de Margot pour ces sacs.

— Je n'en suis pas certaine à 100 %, mais je pense avoir identifié celui qui m'a fait le coup. Rémy, l'un des délégués syndicaux. Il a toujours une lueur mauvaise dans le regard, mais aujourd'hui, étrangement, il était tout guilleret. Camille pense qu'il s'est envoyé en l'air avec Martine, la cheffe comptable, parce que Julie aurait entendu des bruits bizarres en provenance d'un des bureaux. Je n'y crois pas une seule seconde. Julie passe ses vacances dans un mobile-home à Trou-sur-Mer et mange des raviolis tous les lundis, aucun moyen qu'elle soit experte en gémissements sexuels. Non, il était fier de son mauvais tour, c'est sûr. Et toi, ta journée ? enchaîne-t-elle en se remettant du rouge à lèvres.

— La routine. Un bébé m'a fait pipi dessus quand j'ai ouvert sa couche pour l'examiner, le petit Ronaldinho a commandé de la patate mollette au père Noël et je vais sans doute m'envoler demain pour passer une semaine avec Oui-Oui au pays des Tout-nus.

— De la patate quoi ?

Cette fois, j'éclate de rire.

* * *

Le dîner était exquis. Et le chef plutôt bel homme, en effet. Mais mon cœur ne s'est pas affolé. Ce n'est pas lui, je le sens. Même si, après l'avoir vu partir vers 21 h 30 en laissant derrière lui une cuisine impeccable, nous nous sommes dit avec Margot qu'il aurait été un candidat formidable.

Les heures défilent. Il serait grand temps que je m'attelle à remplir ma valise, ce que je n'ai cessé de me répéter, les yeux rivés sur une émission de loisirs créatifs dans laquelle une femme explique comment fabriquer ses propres décorations de Noël à partir de rouleaux de Sopalin ou de pots de yaourts. Voilà qui me donnerait presque envie d'aller récupérer les épluchures de légumes pour en faire des guirlandes[1]…

— Joyeux Noël, petite sœur, me dit Margot en me tendant un gros paquet avant de s'asseoir à côté de moi sur le divan. J'ai pensé que ça serait de circonstances.

Je déchire le papier cadeau, ouvre la boîte et tombe en admiration devant la plus belle paire de bottes que j'aie jamais vue, blanche avec une fourrure gris argenté.

— Elles sont magnifiques ! m'exclamé-je. Tu n'aurais pas dû, je suis sûre qu'elles coûtent une fortune.

— Je ne vais pas te laisser t'envoler pour le pays du père Noël avec la vieille paire de Moon Boot que tu portes depuis vingt ans.

— Je les adore, merci, dis-je en enlaçant ma sœur. Attends, moi aussi j'ai un cadeau de circonstances pour toi.

Je me lève et récupère dans un tiroir du buffet un petit paquet que je lui apporte.

— J'espère qu'il n'est pas question de fourrure rose ? J'ai fait le plein de trucs moches en fourrure moche pour les dix prochaines années.

— Rassure-toi, rien qui n'évoque des poils d'animaux.

Je regarde Margot ouvrir son cadeau, guettant sa réaction.

— Comment as-tu fait pour trouver ce bikini ? s'écrie-t-elle d'une voix suraiguë lorsqu'elle découvre les deux minuscules bouts de tissu que contenait la boîte. Il est en rupture depuis des mois !

— Mes patients me font peut-être pipi dessus, mais ils sont en général accompagnés de leurs mères, et il se trouve que l'une d'entre elles travaille chez Victoria's Secret, au service marketing. En ce moment, elle vient me voir toutes les semaines, alors ça finit par créer des liens. Je savais que

1. Presque…

tu craquais sur ce maillot et je lui en ai parlé. Elle a passé quelques coups de fil à la maison mère aux États-Unis et hop, elle a pu s'en procurer un. Je ne pensais pas qu'il te serait utile si rapidement, mais avec ton indice coquillage, je crois qu'il sera tout à fait adapté.

— Il est trop beau ! J'ai trop hâte de l'essayer.

— Et comme il est jaune, il ira parfaitement avec ton sac banane rose. Ton Rémy est un visionnaire, je ricane tout en me protégeant la tête de ladite horreur en fourrure avec laquelle Margot m'attaque.

— Je vais la glisser en douce dans ta valise, comme ça, tu penseras à moi pendant tes vacances dans le froid polaire.

— À ce propos, tu ne m'aiderais pas à la faire, par hasard ?

— Tu ne l'as pas encore terminée ?

— Si, bien sûr que si. Il manque juste quelques bricoles sur lesquelles je n'arrive pas à me décider…

— Maggie, qu'est-ce que tu as mis dans cette valise, pour le moment ?

— Juste mes culottes… et ces magnifiques bottes, ajouté-je avec un petit sourire contrit.

21 DÉCEMBRE

Margot

Chère Joey,

Ça y est, nous y sommes. Aujourd'hui, Maggie et moi allons nous envoler vers notre destination mystère, même si je ne me pose pas trop de questions sur la mienne. Si tu savais comme j'ai hâte de me prélasser sur un transat ! J'ai eu beaucoup moins de mal à boucler ma valise que Maggie. Deux robes et cinq maillots de bain, le tour était joué. Je ne compte faire rien d'autre que bronzer, me baigner et dormir. Et t'écrire un peu, bien entendu, tu restes mon indispensable. Même à Tahiti.

XoXo

Margot

Je franchis les portes vitrées de l'aéroport Roissy-Charles-de-Gaulle le sourire aux lèvres, traînant derrière moi une valise ridiculement légère, tout en fredonnant *Sea, Sex and Sun* dont l'air ne m'a pas quittée depuis que j'ai pris ma douche ce matin. Il est 8 h 20, et dans quelques minutes, je suis censée recevoir le mail de l'agence de voyages contenant l'ensemble des informations sur le séjour, à commencer par le numéro du vol. J'ai le temps d'aller me commander un cappuccino, le dernier avant l'orgie de caïpirinha que je prévois.

Mon gobelet chaud à la main, je me pose sur un siège et sors mon portable. 8 h 28. L'excitation est à son comble. Je lève les yeux vers l'un des panneaux d'affichage, balayant du regard les destinations : Mahé, Miami, Helsinki, Papeete, Sir Seewoosagur Ramgoolam… Autant de destinations qui sentent bon la papaye et la noix de coco.

8 h 30, une vibration de mon téléphone m'indique que je viens de recevoir un mail. *Maman, papa, vous êtes géniaux*, pensé-je aussitôt en l'ouvrant.

— Mais qu'est-ce que c'est que ce bordel ?

Maggie

Je me demande encore comment je suis parvenue à fermer ma valise avec tous les pulls, chaussettes de laine et autres collants que j'ai emportés. Je commence à transpirer à grosses gouttes dans ma doudoune avec capuche ornée d'une épaisse bande de fourrure – cadeau de Noël avant l'heure de moi à moi – et mes bottes assorties. Certes, il ne fait pas très froid ici, en revanche, si Margot a raison et que j'atterris en Laponie, les températures avoisineront les – 15 °C[1].

Je ne parviens pas complètement à chasser ma déception de ne pas fêter Noël en famille ; néanmoins, ce serait mentir de dire que je ne suis pas gagnée par l'excitation de ce voyage mystère. La Laponie… C'est vrai que j'en rêve depuis toujours.

Il est un peu plus de 8 h 30 lorsque je reçois le mail de l'agence de voyages.

« Madame Carpentier, c'est avec grand plaisir que nous vous faisons parvenir l'ensemble des éléments relatifs à votre voyage à destination de Mahé, au départ d'Orly, pour 6 jours et 5 nuits. En espérant que vous passerez un agréable séjour… »

1. Ressenti : – 1 000 °C…

Mahé ? Bizarre. Il me semblait qu'il n'y avait pas de vol direct pour la Laponie et qu'il fallait obligatoirement faire escale à Helsinki.

— S'il vous plaît, monsieur, interpellé-je un agent de l'aéroport qui passe à côté de moi, pourriez-vous me dire à quel comptoir je dois m'enregistrer pour un vol vers Mahé ? Pour aller en Laponie.

— Mahé, vous dites ?

— Oui, c'est bien ça.

— Pour les vols vers l'océan Indien, il faut vous rendre au comptoir n° 3, tout au bout du hall à gauche, me répond-il avant de continuer son chemin.

L'océan Indien ? Mais qu'est-ce qu'il me raconte, je ne vais pas… Je regarde de nouveau le mail envoyé par l'agence : « … à destination de Mahé, au départ d'Orly, pour 6 jours et 5 nuits. En espérant que vous passerez un agréable séjour aux Seychelles. »

Je vais aux Seychelles.

— Comment ça je vais aux Seychelles !

Je digère à peine l'information, que je suis interrompue par un appel de Margot.

— Maggie ! Tu as ouvert le mail de l'agence ? me crie ma sœur que je devine au bord de la crise de nerfs.

— Oui… Mais je ne comprends pas… C'est écrit que je pars pour les Seychelles.

— Est-ce que les billets d'avion sont à ton nom ?

— Je n'ai pas encore regardé, tu…

— Comment ça, tu n'as pas encore regardé ? Ouvre la pièce jointe !

« Ouvre la pièce jointe », elle en a de bonnes, elle ne me laisse même pas le temps de respirer. Et puis ça changera, quoi… *Mais oui, bien sûr !* je comprends soudain, soulagée. L'agence a dû se gourer de Carpentier et j'ai reçu le dossier de ma sœur à la place du mien.

Sauf qu'il n'y a pas d'erreur.

C'est bien mon nom qui est inscrit sur les billets d'avion. Maggie Élisabeth Carpentier.

— Margot ? je reprends d'une voix chevrotante.

— Pour toi non plus il n'y a pas d'erreur, c'est ça ?

— *A priori*, non…

— Il est hors de question que j'aille en Finlande ! Je déteste la Finlande, d'abord ! Et puis, je déteste tout ce qui est… finlandais !

Comme si moi j'avais envie de m'envoler pour les Seychelles. Quelle température fait-il à cette époque de l'année aux Seychelles ? D'un coup, j'étouffe sous la chaleur de ma doudoune 90 % duvet, 10 % plumes d'oie – 100 % isolant contre le froid.

— Maggie, tu dois faire quelque chose !

C'est toujours comme ça. Elle est l'aînée, mais quand il s'agit de monter au front, ses douze minutes d'avance ne comptent plus.

— Que veux-tu que je fasse ?

— Je ne sais pas, moi, n'importe quoi ! chouine-t-elle à l'autre bout du fil.

Si la situation ne me stressait pas autant, j'aurais éclaté de rire.

— Je vais essayer d'appeler maman. Il doit être 11 heures du matin en Tanzanie. Je te tiens au courant.

Je raccroche et cherche fébrilement le numéro de ma mère. Elle décroche au bout de quatre sonneries.

— Maggie, c'est toi, ma chérie ?

La liaison n'est pas très bonne, la ligne grésille un peu.

— Oui, maman, c'est moi. Excuse-moi de vous déranger mais…

— Nous avons vu des lions ce matin, tu te rends compte ? De vrais lions ! Avec une crinière et tout ! C'est si beau, la Tanzanie. Par contre ton père s'est fait mordre par un serpent hier. Son pied a gonflé comme un ballon. Heureusement que tu nous avais conseillé de partir avec un Aspivenin. Depuis, il se prend pour Indiana Jones. Comme si une morsure de serpent pouvait faire de lui un héros, soupire-t-elle. Tu es à l'aéroport ? Vous avez reçu le mail de l'agence ?

— Oui, justement, c'est pour ça que je t'appelle. Il est écrit que je pars pour les Seychelles.

— Les Seychelles ? s'étrangle-t-elle à moitié. Mais pas du tout ! Tu es censée partir…

— Pour la Laponie ? C'est Margot qui a ces billets-là.

— Vinceeeeeent ! hurle-t-elle sans prendre la peine d'éloigner le téléphone de son oreille, m'ôtant par la même occasion plusieurs décibels d'audition. Si tu voyais ton père, il raconte à tous les gens de l'hôtel comment il a combattu un serpent à mains nues et a survécu. Ah, les hommes…

— Oui, ma bidouche, j'entends mon père répondre en arrière-plan.

— C'est Maggie au téléphone, il y a un problème. Elle me dit que ses billets sont pour les Seychelles.

— Maggie ? Aux Seychelles ? Mais non, c'est impossible puisqu'elle part en Laponie.

— Apparemment, c'est Margot qui a les billets pour la Laponie. Tu ne t'es pas trompé quand tu as fait les réservations ?

— Bien sûr que non ! se défend mon père. Je ne confonds pas encore mes filles. Attends, je vais appeler l'agence.

— Ton père appelle l'agence, me répète ma mère.

— Allô, oui ? C'est M. Carpentier à l'appareil. Je vous ai réservé il y a quelques semaines deux voyages pour l'anniversaire de mes filles. L'un à destination des Seychelles pour *Margot*, et l'autre pour la Laponie pour *Maggie*.

Carpentier, oui, c'est ça. Margot et Maggie Carpentier. Comment ça, votre salariée a confondu...

— La salariée a confondu, chuchote ma mère – je la soupçonne d'apprécier ce petit jeu.

— ... Elle faisait plein d'erreurs et vous avez mis un terme à son contrat ? Pardon, mais en quoi ça nous concerne ? Écoutez, mes filles sont chacune dans un aéroport différent, prêtes à embarquer, et je suis moi-même en Tanzanie où j'ai vu la mort de près à cause d'un serpent, alors vos excuses... Un dédommagement ? Vous nous proposez un dédommagement sur nos prochains voyages... Il est trop tard pour faire quoi que ce soit ?

— L'agence propose un avoir sur les prochains voyages. Il dit qu'il est trop tard pour faire quoi que ce soit.

— J'ai entendu, maman. Mais je ne peux pas partir aux Seychelles. Je suis en doudoune !

— Je suis vraiment désolée, ma chérie, reprend ma mère après quelques secondes de messes basses avec mon père. L'agence ne peut pas rectifier l'erreur. Il aurait fallu s'en apercevoir avant... Et nous n'avons pas pris d'assurance annulation... Cela dit, les Seychelles, c'est une très chouette destination, me dit-elle, feignant l'enthousiasme. Et peut-être qu'une fois là-bas, tu pourras trouver un vol pour la Finlande, si jamais ça ne te plaît pas ?

Évidemment que ça ne va pas me plaire ! *Je veux visiter le village du père Noël, moi, pas me retrouver avec plein de sable entre les orteils*, ai-je envie de répliquer aussi sec. Mais mes parents sont en Afrique pour réaliser l'un de leurs plus vieux rêves, et ils pensaient nous faire plaisir avec ces voyages-surprises. Je ne veux pas leur gâcher la fin du séjour.

— Ne t'inquiète pas, maman, ça va aller. Les Seychelles... j'ai toujours eu envie d'y aller ! J'appelle Margot pour tout lui expliquer. Profitez bien de votre safari et dis à papa de se tenir à l'écart des serpents, quand même. Je vous aime, j'ajoute, avant de raccrocher.

Margot décroche en moins d'un quart de seconde.

— Maggie ? Tu en as mis du temps ! Alors, on fait quoi ?

— Rien du tout.

— Comment ça rien du tout ? On attend juste de recevoir les nouveaux billets, tu veux dire ?

— Non, il n'y aura pas de nouveaux billets. L'agence s'est trompée et a interverti nos destinations. Il aurait fallu s'en rendre compte avant le jour du départ… (Ma voix se brise.) Tu vas voir, la Laponie c'est très beau, je pleurniche à moitié. Tu me filmeras les aurores boréales, si tu en vois ?

— Mais je n'ai pas pris de culottes ! se met à sangloter Margot à son tour.

* * *

Pourquoi n'est-il pas possible de trouver le moindre maillot de bain en décembre dans ce fichu aéroport ? Des barres de chocolat Toblerone de la taille d'un immeuble, des bouteilles de whisky suffisamment grosses pour soûler une demi-douzaine d'ours, ça d'accord, mais un petit morceau de tissu pour pouvoir aller se baigner, non ! Le monde aurait-il perdu le sens des priorités ?

Après avoir arpenté en long, en large, en travers et même en diagonale les boutiques duty-free, je dois me rendre à l'évidence : je vais m'envoler vers les Seychelles en doudoune et bottes fourrées.

Et me baigner nue.

Margot

« … Mesdames et messieurs, bienvenue sur ce vol n° 8746 à destination d'Helsinki. Je suis Michel Jacob, votre commandant de bord. La durée de vol sera d'environ 2 h 57 pour un atterrissage prévu à 14 h 27, heure locale. Je vous informe que nos conditions de vol seront optimales. Nous vous rappelons que ce vol est non-fumeurs… »

Là tout de suite, j'irai bien m'en griller une. Même si je ne fume pas…

« … Merci de relever vos tablettes et de vérifier que votre ceinture est correctement attachée. Notre appareil est paré au décollage. PNC aux portes, armement des toboggans, vérification de la porte opposée… »

Adieu *sea, sex and sun*… Bonjour neige, engelures et caribous.

Maggie

L'avantage d'un vol interminable de treize heures, c'est que l'on a tout le temps nécessaire pour se renseigner sur sa destination. Notez qu'en principe les voyageurs font ce genre de recherches avant d'être dans l'avion… puisqu'ils savent où ils partent. Mais ne remuons pas inutilement le couteau dans la plaie.

Dans le dossier envoyé par l'agence, je découvre que mon hôtel est plutôt haut de gamme, avec de belles prestations. Un hôtel dans lequel je serais ravie de passer mes vacances d'été, en somme.

Après deux heures de vol dans leurs bottes, mes pieds sont cuits à point. Je me décide à les enlever : après tout, il n'y a pas de mal à se mettre à l'aise. Je pousse un soupir de soulagement lorsque mes orteils retrouvent mobilité et aération, ce qui déclenche un éclat de rire chez ma voisine, une femme assez massive à la carrure de catcheuse, habillée d'une robe bustier en léopard.

— Je me disais aussi que vous deviez avoir chaud là-dedans, me dit-elle d'une voix forte et suraiguë. Je m'appelle Brigitte, et vous ?

— Maggie.

— Mais quel joli prénom, j'adooooore ! Comme la série télévisée, avec Rosy Varte. Vous connaissez Rosy Varte ?

— Euh… non.

— Quel dommage. Vous ratez quelque chose, vous savez. Elle était d'une élégance, bien plus que les actrices de maintenant, ajoute-t-elle en passant la main dans sa chevelure blonde peroxydée.

Je retourne à ma navigation Internet dans l'espoir que Brigitte comprenne le message. Loupé.

— Je n'ai pas pu m'empêcher de regarder par-dessus votre épaule et nous allons dans le même hôtel, très chère. Vous connaissez ? J'y passe les fêtes depuis quasiment dix ans, poursuit-elle sans même attendre ma réponse. C'est un endroit chaaaarmant, et parfait pour oublier tout ce que l'on fuit à cette période.

— Ce que l'on fuit ? C'est-à-dire ?

— Noël, bien sûr ! m'assène-t-elle comme si c'était une évidence. Pas l'ombre d'une guirlande lumineuse, pas la moindre note de chant ridicule. Rien que le soleil, la plage et la mer. C'est pour cela que nous allons tous là-bas, non ?

Un hôtel anti-Noël ? Mais comment une telle horreur est-elle autorisée par la loi ?

— Ça ne va pas, très chère ? Vous êtes pâle comme un cul de nonne. C'est sans doute l'altitude. À moi aussi elle me joue des tours, ça me fait les chevilles comme des melons. Mettez votre tête entre vos cuisses, comme ça, m'explique-t-elle en se penchant, vous verrez, ça oxygène le cerveau. Inspirez et expirez bien fort plusieurs fois.

Elle se redresse.

— Bon, par contre, mieux vaut avoir mis une culotte, sinon gare aux odeurs, me lance-t-elle avec un sourire de connivence et dans un grand éclat de rire.

J'ai peur. Je veux ma maman.

Margot

Je me targue de ne pas avoir peur en avion, après tout, c'est le moyen de transport le plus sûr au monde. Mais une fois les pieds posés sur la terre ferme, celle de Rovaniemi en Laponie finlandaise, je suis dans l'obligation de revoir ma position. Une heure et vingt minutes de secousses et de trous d'air dans un avion à hélices, ça a de quoi chambouler le plus endurant des voyageurs. Quand les hôtesses de l'air, elles-mêmes, retournent s'asseoir et attachent leurs ceintures, on ne peut s'empêcher de penser que la fin est proche.

Et mourir dans un vol pour Rovaniemi, pardon, mais quelle mort pourrie !

Après avoir récupéré ma valise, en essayant d'oublier pourquoi elle est si légère, je me dirige vers les portes de sortie tout en faisant abstraction du regard des gens sur mon manteau très loin d'avoir l'épaisseur des leurs. Est-ce ma faute si toutes ces personnes sont frileuses ? *Il ne peut pas faire si froid que ça, on n'est pas au pôle Nord non plus*, me dis-je alors que je fais un pas à l'extérieur et respire une grande goulée d'air… qui me gèle instantanément les poumons.

Je voudrais pleurer mais mes larmes sont coincées dans le canal lacrymal, tel un liquide lave-glace dans le réservoir d'une voiture : congelées.

Un écran digital extérieur affiche une température de – 17 °C. Le ressenti est de – 46 756 °C. Est-ce que les phalanges peuvent se décrocher par – 17 °C ? Je décide que l'information ne me servirait pas à grand-chose et m'empresse de fourrer mes mains dans les poches de mon manteau, dont je sais de source sûre à présent qu'il ne sera pas assez chaud pour me maintenir en vie.

Il fait chaud, très chaud. Pense au soleil haut dans le ciel, qui darde ses rayons sur ta peau nue, en train de rôtir. Pense à un feu de cheminée, un très gros feu de cheminée dans lequel on vient de remettre plusieurs bûches pour relancer les flammes.

Je m'imagine avec une tasse de thé bouillant entre les mains, que je ne peux pas boire tant l'eau est chaude. Je me vois collée à un radiateur, jusqu'à en avoir les fesses qui brûlent…

J'ai froid ! Mon Dieu, je n'ai jamais eu aussi froid de toute ma vie !

Autopersuasion : 0 – Laponie : 1.

Maggie

Comme il n'était pas question de marcher pieds nus dans la rue, j'ai dû me résoudre à réenfiler mes bottes fourrées à la descente de l'avion. J'avais le maigre espoir que ce soit comme boire chaud pour se rafraîchir. Hélas, non. Se chausser chaud… donne chaud. La nature est vraiment mal faite.

C'est donc en transpirant à grosses gouttes que je récupère les clés de ma chambre auprès du réceptionniste qui, bien que très professionnel, n'a pu réprimer un sourire lorsqu'il m'a vue débarquer toute de fourrure vêtue.

— Y aurait-il par hasard une boutique qui vend des vêtements dans l'hôtel ?

— Nous n'avons qu'une petite boutique de souvenirs, mais vous y trouverez sûrement quelques textiles.

Au point où j'en suis, même un tee-shirt « I love Seychelles » fera mon bonheur. Je me dépêche de rejoindre ma chambre pour libérer mes pieds. Il me semble que de la vapeur s'échappe de mes bottes lorsque je les enlève. Tant pis, j'irai en chaussettes jusqu'à la boutique. Après tout je ne connais personne ici. Mis à part Brigitte, qui m'a hurlé dans le hall qu'elle était au numéro trente-deux-au-cas-où-je-voudrais-venir-prendre-un-verre-avec-elle-je-suis-la-bienvenue-bien-sûr.

La chambre d'hôtel est joliment aménagée. Et dans d'autres circonstances, je la trouverais même très agréable, avec son mobilier clair, sa décoration aux couleurs vives et ce joli bouquet de fleurs pour m'accueillir. Il y a même un petit balcon qui donne sur l'immense piscine de l'hôtel et ses nombreux transats aux matelas rayés blanc et bleu, avec une vue imprenable sur la mer. Oui, c'est beau. Mais ça manque de Noël. Nous sommes le 21 décembre et à cette date, je suis en général en train de préparer des biscuits à la cannelle, d'emballer mes derniers cadeaux avec une playlist adaptée en fond sonore. Sans oublier mon sapin qui trône dans le salon, décoré selon le thème de l'année et que j'admire pendant plusieurs minutes tous les jours.

* * *

La vendeuse de la boutique, si elle est surprise de me voir débarquer en chaussettes et vêtements d'hiver, n'en montre rien. Il n'y a pas beaucoup de choix, mais je trouve mon bonheur dans une paire de tongs, deux robes et quelques débardeurs. Le tout à l'effigie de l'établissement. Je me demande bien qui peut avoir envie d'acheter des vêtements avec le logo d'un hôtel. Hormis les gens dans ma situation, bien entendu.

— Vous n'auriez pas de maillot une pièce ? Noir, si possible…, je demande après avoir examiné chaque article du magasin, trois fois.

Comme le hasard ne fait jamais bien les choses, je me résigne à passer à la caisse pour régler mes achats, avec un maillot composé de ficelles plus que de tissu. C'est Margot qui serait contente.

Margot… qui n'a pas de culottes, percuté-je soudain avant d'éclater de rire.

Margot

Heureusement pour moi, le bus qui nous conduit de l'aéroport à l'hôtel est chauffé. Je sors mon téléphone de mon sac pour envoyer un message à Maggie, mais je n'ai pas de réseau. L'inverse eût été étonnant vu que nous sommes au milieu de nulle part, sur une route enneigée entourée de hauts sapins. Il ne manque plus que des loups hurlants assoiffés de sang pour parfaire ce décor apocalyptique.

Puisqu'il n'y a rien à faire ni rien à voir – j'ai lu avec effroi qu'en décembre je ne pourrai compter que sur trois heures de « jour » entre 10 h 00 et 13 h 00 environ –, je décide d'observer les gens autour de moi afin d'avoir une idée des spécimens humains qui entreprennent un voyage jusqu'ici. Nous avons donc des couples, des couples… et des familles. Voilà. Les célibataires sans enfants – et qui ne les apprécient que modérément – sont, sans surprise, de l'autre côté du globe en train de se dorer la pilule aux Seychelles.

* * *

L'hôtel est le premier point positif de cette maudite journée. Il est superbe, je suis bien obligée de le reconnaître. Il ressemble à un immense chalet, avec tout le confort nécessaire, mais surtout, un certain raffinement dans le choix des matériaux et des détails. Pour avoir eu l'opportunité de dormir dans de superbes hôtels partout dans le monde, à l'occasion de foires internationales pour le travail, je dois admettre que celui-ci n'a pas à rougir de son standing.

Une fois la clé de ma chambre récupérée, il me faut plusieurs minutes pour m'extraire de la contemplation du gigantesque sapin de Noël qui scintille de mille feux au milieu du hall. Si Maggie était là… Chaque année, et ce dès le mois d'octobre, elle regarde des centaines de photos de sapins décorés sur Pinterest, à la recherche d'inspiration pour le sien. S'ensuivent des heures de shopping dans les magasins ou sur Internet, pour dénicher de nouvelles boules, nœuds et autres bidules qui, après Noël, viendront s'ajouter aux innombrables cartons qu'elle entrepose dans une pièce secrète de son appartement qu'elle n'ose montrer à personne, telle une Monica Geller. Si je la taquine à ce sujet, je dois bien admettre que le résultat final est toujours époustouflant.

Je me surprends à laisser échapper un sifflement admiratif lorsque j'entre dans ma chambre. Elle est à tomber par terre. De larges lames de lambris en bois gris clair sur les murs, de lourds tapis sur le sol, un grand lit surélevé recouvert d'un édredon de velours de soie blanc et de dizaines d'oreillers assortis, une petite cheminée suspendue, entourée de deux fauteuils butterfly avec des housses en fourrure de couleur beige. Il y a même un petit sapin de Noël, sobrement garni de guirlandes lumineuses et de quelques boules translucides. Dans la salle de bains, une large et profonde baignoire, avec, sur un petit plateau, des bougies qui invitent à la détente. Un peignoir, ainsi que de vrais chaussons ont été déposés à côté d'une vasque en verre surmontée d'un miroir au cadre en bois ouvragé.

Mais le clou du spectacle est la baie vitrée qui s'étend sur tout le mur du fond de la pièce, offrant une vue dégagée sur la forêt, à tel point qu'on a le sentiment d'être plongé dedans. Je m'approche, subjuguée par cette nature tout juste éclairée par les lumières de l'hôtel, qui ferait succomber même le plus endurci des citadins. Il n'y a pas à dire, c'est magnifique.

Et il fait bien chaud. Là, d'accord, dans ces conditions j'accepte de passer quelques jours dans un pays dont la température extérieure fait geler les sourcils en moins d'une minute. Il me suffit de ne pas mettre un pied dehors, de m'installer dans l'un de ces fauteuils qui ont l'air hyper-confortables et d'attendre qu'il soit l'heure de repartir. Dommage que je n'aie pas emporté plus d'un roman avec moi. Contempler la nature pendant des heures, ça risque d'être monotone à force. Les arbres offrent assez peu de rebondissements.

Je repère alors, sur une petite étagère à côté du lit, quelques ouvrages joliment disposés.

— Ils ont pensé à tout ! m'écrié-je.

Le finnois, c'est comme l'anglais, non ? me fais-je la réflexion en saisissant l'un des livres que j'ouvre sur une page au hasard.

« … *oli kylma, kun hän astui huoneessen*[1]. »

Le temps risque d'être long.

Très long.

---

1. C'est poétique comme de l'IKEA…

Margot et Maggie – WhatsApp

Si je bois de l'antigel, est-ce que tu crois que ça empêchera mes poumons de geler ?

Je ne sais pas…
mais ça te tuera probablement.
Pas sûre que ça en vaille la peine.
Il fait si froid que ça ?

Tu te souviens de la fois
où on a eu mal à la tête
parce qu'on avait aspiré trop vite
une gorgée de granité ?
Eh bien, tu rajoutes la sensation d'être pieds nus
dans un seau de glaçons,
et on est encore loin de la réalité.
Qui peut avoir envie de passer ses vacances
dans un endroit pareil ? Et toi, ça va ?

J'ai chaud. Enfin… je voulais dire,
trop chaud.

…

Pardon.

22 DÉCEMBRE

Maggie

Lorsque je sors du restaurant de l'hôtel, sitôt mon petit-déjeuner avalé, vêtue du fameux bikini dont il ne fallait pas attendre qu'il couvre plus du tiers de mes seins, je la repère immédiatement. Enfin, c'est plutôt elle, qui me repère.

— Maggiiiiie, ma chériiiiie ! Venez vous asseoir à côté de moi, je vous ai gardé un transat.

Paniquée comme un pou fuyant les dents d'un peigne, je regarde de tous les côtés, à la recherche d'une échappatoire, d'une autre personne qui m'attendrait, me permettant de répondre à Brigitte un « désolée, j'avais déjà promis à Laetitia/Nathalie/Robert/Gaspard/Kermit la grenouille de m'asseoir à côté d'elle/lui ». Hélas, il n'y a pas grand monde à cette heure autour de la piscine – c'est d'ailleurs pour cela que j'avais choisi ce créneau –, et je souffre depuis toujours d'une maladie souvent fort handicapante : la politesse.

Mal à l'aise dans mon minuscule maillot de bain, je me dirige vers ma voisine d'avion – de chaise longue désormais –, au bord de la piscine.

— Vous êtes comme moi, vous fuyez les heures chaudes, vous avez bien raison. Trop de soleil rend la peau toute rabougrie. Déjà que j'ai les seins qui pendent, si en plus ils étaient fripés !

Avant même que j'aie le temps de réagir, Brigitte dégrafe le haut de son maillot de bain, qu'elle enlève d'une main sûre, libérant son opulente poitrine.

— Alors, comment trouvez-vous l'hôtel ? me demande-t-elle en s'adossant sur son siège, le visage à demi mangé par sa paire de lunettes, tourné vers le soleil. Magnifique, n'est-ce pas ?

— Peut-être... Sauf que moi, je rêvais de flambées dans la cheminée et d'édredon moelleux, alors..., soupiré-je.

— Des cheminées ? Aux Seychelles ? Quelle drôle d'idée !

Est-ce à cause du manque de sommeil, du décalage horaire ou des lanières de mon maillot qui me cisaillent le haut des cuisses, je ne sais pas, toujours est-il que je me mets à raconter toute l'affaire à Brigitte. Du cadeau d'anniversaire surprise à mon arrivée ici avec une valise qui déborde de cols roulés.

Mon monologue terminé, elle se redresse, faisant s'entrechoquer ses seins, et s'exclame :

— *Amaziiiiing !* C'est la meilleure histoire que j'aie jamais entendue ! Donc, vous rêviez d'aller en Laponie ? J'y suis allée une fois et c'était affreux. Un chien de traîneau a fait pipi sur ma valise et j'ai senti l'urine pendant plus de trois jours. Non, croyez-moi, vous êtes bien mieux ici. Vous allez voir, les Seychelles offrent une multitude de possibilités.

— Sans vouloir vous offenser, je ne vois pas bien lesquelles, répliqué-je.

— Marcher le long de la plage les pieds dans l'eau, sentir les rayons du soleil qui réchauffent votre corps, respirer les embruns, vous envoyer en l'air !

J'avale ma salive de travers et m'étouffe à moitié.

— Mais oui, ma chère, vous envoyer en l'air. Il n'y avait pas mention de mari ou de fiancé dans votre récit. Donc, il faut en profiter. D'accord, la nature ne vous a pas dotée des mêmes atouts que moi, mais je suis sûre que vous trouverez quelques jeunes hommes sachant apprécier... ce que vous avez à proposer.

— Pardon, mais ce n'est pas du tout mon genre, m'offusqué-je.

— Quel genre, ma chère ?

— Je ne couche pas comme ça, avec... avec des hommes que je ne connais pas.

— Ah bon ? Mais pourquoi donc ?

— Eh bien... parce que ! Parce que j'ai besoin d'avoir des sentiments, pour ça.

— Mais il faut bien essayer l'homme avant, non ? C'est comme choisir une paire de chaussures. Pour savoir si vous allez aimer marcher avec, si vous allez lui accorder une place dans votre dressing... Jamais vous ne penseriez passer à la caisse sans coller vos orteils à l'intérieur. Eh bien, pour les hommes c'est pareil. Sauf que c'est plutôt eux qui vous collent quelque chose... si vous voyez ce que je veux dire, ajoute-t-elle en riant bien trop fort. Imaginez qu'après avoir développé de forts sentiments pour un homme, vous constatiez que c'est un nul sous les draps ! Quelle perte de temps !

Pendant quelques instants, je suis horrifiée par la vision d'une Brigitte poursuivant un homme avec une paire de bottes à la main.

— Et dire qu'on pense que votre génération est sexuellement plus libérée que la nôtre, soupire-t-elle. À voir votre tête, je crois qu'il n'en est rien. Quel âge avez-vous, très chère ?

— Je viens d'avoir trente-cinq ans.

— Trente-cinq ans ! À votre âge j'étais déjà divorcée quatre fois. Dans ma famille, il était assez mal vu de vivre dans le péché… Cela dit, il était aussi très mal vu de divorcer. Bref, le jour de mon quarante-cinquième anniversaire, j'ai décidé qu'il était grand temps que je retrouve ma liberté. J'ai donc quitté mon mari de l'époque, et depuis, je vis ma meilleure vie. Des amants à la pelle, mais aucun pour lequel je suis obligée de nettoyer autour de la cuvette. Chacun son pipi chez soi et les chattes seront bien gardées. Tenez justement, comment vous trouvez ce type là-bas, au bord de l'eau ?

— Celui avec le short de bain vert fluo ?

— Celui-là même. N'est-il pas à croquer ?

— Oui, mais… Il paraît un peu jeune, non ?

— Pour vous, peut-être. Mais qui a dit que nous étions en train de parler de vous ?

Elle arrange aussitôt sa chevelure, vaporise sur elle un nuage de parfum, puis se lève pour se diriger, de pied ferme et les seins en avant, vers la proie qu'elle a repérée, aucunement gênée d'être quasiment nue.

J'en profite pour emballer mon corps dans ma serviette de plage *I love Seychelles* et m'éclipser. Je sens qu'il est trop tôt pour assister à l'assaut amoureux de Brigitte. Nous ne sommes pas encore assez intimes, bien que je connaisse à présent presque tout de son anatomie.

Margot

Je me suis réveillée détendue comme jamais. Hier soir, après une journée passée dans les avions et les aéroports, j'ai profité du *room service* pour me faire porter un repas dans ma chambre, que j'ai mangé en peignoir, assise sur mon lit, la peau rendue toute fripée par un bain bien trop long. Je ne me souviens même pas de m'être mise sous les draps.

Il est un peu plus de huit heures. Et il fait nuit. La dernière fois que j'ai aperçu la lumière du jour remonte à plus de vingt-quatre heures. Je ne sais pas comment font les gens d'ici pour survivre à cette nuit polaire.

Après avoir pris ma douche, et testé par la même occasion la crème mousse de coton offerte par l'établissement, j'ouvre ma valise et trouve… une robe. C'est vrai, j'oubliais, je n'ai toujours pas de vêtements adaptés. J'enfile donc à nouveau le pantalon et le pull léger que je portais hier, tout en tentant d'ignorer les innombrables petits morceaux de peau morte qu'ils contiennent. Depuis que j'ai entendu parler du volume de desquamation quotidienne de l'épiderme, rien qu'à l'idée de porter les mêmes vêtements deux jours de suite, j'ai le poil qui se hérisse.

Essayant de ne pas me gratter, je me dirige vers le restaurant de l'hôtel pour y prendre mon petit-déjeuner.

Le buffet est à l'image du lieu, à couper le souffle. Des viennoiseries, différentes sortes de pains et de fromages, des œufs, du bacon, des fruits frais, mais aussi du muesli, des pancakes, du sirop d'érable, du chocolat chaud maison et mille et une autres petites douceurs matinales… Il y a tellement de choix que je ne sais quoi prendre.

Après avoir rempli mon plateau d'un assortiment d'un peu de tout – il faut bien goûter –, je me dirige vers une table libre en me promettant de me contenter d'un bouillon dégraissé ce midi.

Je suis en train d'étaler une fine couche de beurre sur ma brioche lorsque je suis interrompue par un homme d'une quarantaine d'années.

— Mademoiselle Carpentier ?

— Euh… oui. On se connaît ?

— Nous, non. Mais je connais vos parents, me répond-il avec un sourire plutôt charmant. Nous sommes voisins. J'habite au numéro 46.

— Ah oui, le 46, le monsieur qui…

… *vient de perdre sa femme*, suis-je sur le point de dire avant de me reprendre.

— … habite au 46. Qu'est-ce qui vous amène en Laponie ? Je veux dire, à part la passion du froid et du givre.

— C'est votre mère qui m'a convaincu… pour ma fille, Tanya, précise-t-il en désignant une adolescente assise quelques tables plus loin, vêtue d'un sweat à capuche noir qui dissimule entièrement sa tête. Elle a quatorze ans et disons que les choses sont un peu difficiles depuis… la perte de sa maman. Ma femme est décédée il y a un an, juste avant les fêtes de Noël.

Mais pourquoi me raconte-t-il tout ça ?

— Vous devez vous demander pourquoi je vous raconte tout ça.

— Non, non[1]…

— Tanya est dans une période compliquée. Je pensais que ça allait mieux et que le chagrin commençait à s'estomper un peu. Mais avec l'arrivée du premier anniversaire de la disparition… tout a empiré. Ma fille se renferme, refuse de m'expliquer ce qui ne va pas, ce qu'elle ressent. Elle qui aimait tellement Noël a juré qu'elle ne le fêterait plus jamais. Je me suis confié à votre mère au cours d'une de nos soirées tarot entre voisins et elle a suggéré que je vienne ici. « S'il y a bien une personne en ce monde qui peut réconcilier n'importe qui avec Noël, c'est ma Maggie ! » m'a-t-elle assuré.

J'avale ma gorgée de jus de pamplemousse de travers.

— Oui… Alors, il se trouve que je ne suis pas Maggie, mais Margot. L'autre fille de ma mère. La sœur jumelle. Si vous connaissez mes parents, j'imagine que vous avez eu droit à toute l'histoire de notre naissance, les jumelles…

— … inattendues, termine-t-il à ma place. Oui, en effet, Diane m'a raconté. Je peux ? me demande-t-il en désignant la chaise vide en face de moi.

— Oui, bien sûr.

— Merci. Je ne suis pas certain d'avoir compris. Vous êtes Margot ? Mais il me semblait que vous deviez être…

— … aux Seychelles ? C'est ce qui était prévu, oui. Du moins dans l'esprit de ma mère. Sauf qu'il y a eu une méprise, et ma sœur et moi avons dû nous envoler pour la destination prévue pour l'autre.

Il éclate de rire.

— Pardon, s'excuse-t-il aussitôt, je n'aurais pas dû rigoler.

— En effet. Parce que ce n'est pas drôle du tout ! Faute de tenues vestimentaires adaptées, j'ai failli décéder hier en sortant de l'aéroport, rien qu'en respirant l'air extérieur.

1. Menteuse !

— Ah, parce que vous n'aviez pas les bons habits ?

— J'étais censée partir sur une île paradisiaque, je ne vois pas trop à quoi aurait pu m'y servir une combinaison de ski !

Il ne rit plus, mais dans son regard je devine que l'histoire l'amuse beaucoup. Ce qui m'agace.

— Toujours est-il que je ne suis pas la jumelle Carpentier qui va réconcilier votre fille avec Noël, monsieur…

— Alexandre. Je m'appelle Alexandre.

— Très bien, Alexandre. Je suis vraiment désolée pour votre femme décédée et pour votre fille qui se terre sous sa capuche, mais je ne peux rien pour vous. Ma mère a dû vous le dire, je suis la jumelle DRH qui travaille dans les cosmétiques, alors les enfants et moi…, je lance sur un ton que je n'aurais pas voulu si cinglant.

— Je ne vous dérange pas plus longtemps, dit-il en se levant. Je suis ravi d'avoir fait votre connaissance, Margot, peut-être aurons-nous le plaisir de nous croiser dans les jours à venir ? Êtes-vous inscrite aux différentes activités proposées par l'hôtel ? Il me semble qu'il est prévu une balade en raquettes, ce matin.

— J'imagine que ma mère avait prévu tout un tas de sorties noëlesques pour Maggie, en effet. Mais en ce qui me concerne, j'ai d'autres projets. À commencer par terminer ce délicieux petit-déjeuner, je lui réponds avant d'enfourner dans ma bouche un gros morceau de pancake.

— Je vous souhaite un bon séjour dans ce cas.

— À vous aussi.

* * *

Après avoir pris une petite demi-heure pour écrire dans mon journal et raconter à Joey cette aventure improbable de voyage en Laponie, j'enfile mon bikini Victoria's Secret et chausse mes lunettes de soleil. Ensuite, je positionne l'un des fauteuils butterfly devant la cheminée que j'ai chargée d'un maximum de bûches pour qu'elle déverse dans la chambre une chaleur équivalente à celle du soleil sur une plage de sable fin. Ainsi, bercée par une playlist musicale adéquate, je me croirais presque aux Seychelles.

Sauf qu'au bout de quinze minutes, j'ai beaucoup trop chaud – un comble – et je transpire à cause de la housse en fourrure. C'est raté pour l'expérience « séance de bronzage devant feu de bois ». Et dehors, il fait toujours nuit.

Je me jette sur le lit et allume la télévision, à la recherche de quelque chose d'intéressant – bien qu'en finnois – à regarder. Après un moment d'absence mentale, les yeux rivés sur un genre de « Thalassa » finlandais[1], dans lequel un certain Ingmar parle de la pêche aux harengs, je prends la décision qui s'impose à moi : je vais m'inscrire à la balade en raquettes.

Il ne me reste qu'à m'acheter de quoi survivre dans cette contrée hostile, c'est-à-dire des vêtements chauds.

1. Sûrement une émission qui plairait à Lucienne !

Maggie

Rester à l'hôtel me déprime beaucoup trop. Non seulement il n'y a pas le moindre sapin de Noël, mais en plus, lorsque je me suis laissée aller à fredonner *Santa Claus is Coming to Town* en rentrant de la piscine, les employés m'ont fusillée du regard derrière le comptoir, comme si j'avais commis un crime passible de la chaise électrique. J'exagère à peine.

Au moins la ville de Victoria me confirme que Noël n'est pas une pure invention de mon esprit. Certes, le décor n'est pas exactement celui auquel je suis habituée, mais des guirlandes lumineuses sont accrochées aux façades des maisons, et il ne m'en faut pas beaucoup plus pour m'apporter un peu de baume au cœur. Et puis, au détour d'une rue, je suis éblouie par une explosion de couleurs. Du bleu, du rouge, du orange, du vert… Sans vraiment que j'y prête attention, mes pas m'ont conduite dans la cour intérieure d'un immense marché, probablement celui mentionné dans le livret d'informations remis par l'hôtel. De tous les côtés, des étals de fruits et légumes, des marchands d'épices et de mets locaux. Les odeurs se mêlent au brouhaha festif ambiant.

Je suis attirée par un amoncellement de papayes d'un jaune éblouissant.

— Venez goûter, ma jolie dame, ce sont les meilleures du pays !

Le vendeur attrape l'un des fruits et le coupe en deux. Puis, à l'aide d'une cuillère, il gratte les graines avant de prélever un gros morceau de chair qu'il me tend. Le fruit juteux et sucré me ravit les papilles. Le visage de l'homme se fend aussitôt d'un large sourire.

— Elles sont bonnes, mes papayes, hein ! s'exclame-t-il. Je vous le disais, les meilleures de tout le pays.

— N'écoutez pas ce vil charmeur qui ne sait faire que de la papaye, enchaîne son voisin, venez plutôt goûter mes mangues et mes avocats et vous m'en direz des nouvelles !

Pendant plus d'une heure, je me laisse guider par les saveurs qui me sont proposées, tantôt sucrées, tantôt relevées, et c'est avec bonheur que je me nourris de l'amour de ces gens pour leurs produits. Passionnés, ils ne se font pas prier pour me raconter comment ils cultivent leur terre et choisissent les meilleures graines. Je fais le plein de coriandre, de safran, de bâtons de cannelle, me promettant d'apprendre à cuisiner des currys savoureux.

À l'étage, je découvre plusieurs échoppes de vêtements, bien mieux garnies que la boutique de l'hôtel. Je craque pour une robe colorée en mousseline vaporeuse, parfaite pour la saison, un sac en toile orné de palmiers dans lequel je range mes achats, ainsi que pour un chapeau de paille aux bords démesurés. J'ai toujours rêvé d'un chapeau de ce style, pour ressembler aux pin-up des années soixante. Je remarque une caisse de foulards et prends un temps infini à en choisir un pour Margot. Si elle avait été là, elle serait sans aucun doute repartie avec tout le stock de la vendeuse et sa carte de visite.

* * *

Je sais pourtant que je dois me méfier de moi-même et de ma trop grande politesse, je me maudis, accrochée au bastingage d'un catamaran.

Comment les choses ont-elles pu déraper à ce point ? L'explication tient en un seul mot : Brigitte !

De retour du marché de Victoria, les bras chargés de souvenirs – après tout, rien n'interdit de faire des cadeaux de Noël après le 25 décembre –, je suis montée déposer mes affaires dans ma chambre. J'étais encore étourdie par ce bain de chaleur humaine, et donc vulnérable aux sollicitations, quand je suis redescendue dans le hall de l'hôtel et que Brigitte a fondu sur moi pour m'inviter à une sortie-en-mer-vous-allez-adorer-c'est-parfait-pour-ce-que-vous-avez.

Aussi, avant même d'avoir compris quoi que ce soit, j'ai dit oui et elle m'a embarquée avec elle. À bord d'un catamaran de luxe. Alors que j'ai le mal de mer.

— Maggie chériiiiie ! Venez avec moi, il faut que je vous présente des gens formidables.

Elle m'attrape par le bras et m'entraîne vers l'intérieur du bateau, où a été installé un bar à cocktails. Qui peut bien boire de l'alcool alors qu'il se trouve en pleine mer, ballotté par les flots ?

— Vous me mettrez deux vodkas citron, mon chou.

Brigitte, apparemment.

— Je prendrais juste un jus d'orange, s'il vous plaît.

— Vous n'avez pas envie de découvrir l'ivresse sur un catamaran ?

— Je n'ai pas envie de découvrir les *vomissements* sur un catamaran. Et puis je viens de prendre un médicament contre le mal de mer, ce n'est pas très indiqué de boire de l'alcool.

Brigitte lève les yeux au ciel. L'espace d'un instant, j'ai l'espoir qu'elle comprenne que je ne suis vraiment pas l'acolyte idéale pour ses vacances aux Seychelles. Mais non.

— Comme vous vous voudrez, ma chérie, mais vous ratez quelque chose. Cela ne nous empêche pas de passer un moment en charmante compagnie. J'ai fait la connaissance de deux messieurs absolument adorables, un père et son fils. N'est-ce pas un hasard formidable pour une mère et sa fille ?

— Une mère et sa fille ?

— Oui, ne m'en veuillez pas, mais je leur ai dit que nous étions liées par le sang, ce qui a paru les émoustiller. Ah, justement, les voilà ! Emilio, Roberto, gazouille-t-elle en faisant signe à deux hommes qui s'avancent vers nous. Roberto doit avoir une petite soixantaine d'années, me murmure-t-elle à l'oreille, et vous savez ce qu'on dit : c'est dans les vieux pots qu'on trouve le meilleur plaisir.

Vieux pot qui ne l'intéresse pas, si j'en crois les œillades qu'elle lance à celui que je présume être Emilio, un apollon au torse imberbe cramoisi par un coup de soleil. Vu l'aspect de sa peau, j'en connais un qui va passer une assez mauvaise nuit.

Roberto, quant à lui, fait bien ses soixante ans. Il n'est pas dénué de charme, si l'on aime les spécimens au ventre rebondi, recouverts de poils des pieds aux narines.

— Êtes-vous sûre que vous êtes mère et fille ? On dirait plutôt deux sœurs, minaude Roberto.

Brigitte en glousse de plaisir. Incroyable que ce genre de drague fonctionne encore. Ses atouts mammaires semblent être au goût d'Emilio – à qui je ne donne guère plus de vingt-cinq ans –, dont le regard est littéralement plongé dans son décolleté. C'est donc ça. Le jeune est attiré par les promesses de la femme mûre et l'homme mûr aimerait bien, lui, s'encanailler avec une jeunette.

Dans cette équation à quatre, il n'y a que la jeunette qui en cet instant ne pense pas du tout au sexe, mais plutôt à ne pas renvoyer le contenu de son estomac. Heureusement pour moi, le catamaran arrive à proximité d'une petite plage où il est prévu de faire escale pour permettre à chacun de se baigner. Je suis impatiente de rejoindre la terre ferme.

— Allons nous rafraîchir, propose Brigitte en ôtant sa robe sous laquelle elle ne porte qu'un string de bain motifs panthère.

Emilio a les yeux qui lui sortent de la tête. Roberto est à deux doigts d'abandonner sa cure de jouvence.

J'installe ma serviette aux couleurs de l'hôtel et m'enroule dans un paréo acheté au marché ce matin. Le départ en bateau s'est fait de manière tellement précipitée que je n'ai pas eu le temps d'enfiler mon maillot de bain. Je me contorsionne pour enlever ma culotte et la remplacer par le bas du bikini, tout en essayant de maintenir le paréo autour de ma taille, seul rempart entre ma nudité et ma dignité.

— Si vous le souhaitez, vous pouvez vous changer dans une cabine à l'intérieur du bateau, me propose en français l'un des membres de l'équipage, un homme aux longs cheveux bruns et aux yeux les plus bleus qu'il m'ait été donné de voir. Je m'apprête à refuser quand, après avoir mis mon deuxième pied dans le même trou que le premier, je perds l'équilibre et bascule en arrière, les fesses dans le sable.

— Elle est où, cette cabine ?

Il me sourit, amusé, et deux petites fossettes se creusent sur ses joues.

— Venez avec moi, belle mademoiselle.

* * *

La température de l'eau est parfaite, permettant d'y rentrer sans avoir à marcher sur la pointe des pieds pour retarder le plus possible l'immersion de la ceinture abdominale. Je barbote et je dois bien admettre que c'est très agréable.

Je n'en reviens toujours pas de me baigner dans la mer un 22 décembre. Brigitte, Emilio et Roberto ne sont pas très loin, les deux derniers arrosant la première qui pousse des cris de pur plaisir. J'en déduis que le plan cul initial s'est transformé en combat de coqs, ce qui m'arrange, même si je suis un peu déçue de renoncer à la belle toison grise de Roberto.

Je nage vers le bord de la plage quand, soudain, je sens une vive douleur sur mon mollet droit. Je pousse un hurlement et me remets brusquement à la verticale. Quelque chose m'a piquée mais je ne vois aucun animal marin à proximité. Est-ce que ce serait une méduse ? J'ai toujours eu une peur bleue de ces bestioles visqueuses.

— Maggie chérie, ça ne va pas ? s'inquiète Brigitte en se rapprochant de moi. Nous vous avons entendue crier.

— Je crois que je me suis fait piquer par une méduse.

— Une méduse ? Doux Jésus ! Je me souviens que ça m'est arrivé lorsque j'étais gamine. C'était atroce, j'ai souffert horriblement. J'ai lu depuis que de l'urine humaine pouvait calmer la brûlure.

— Je me dévoue, si vous voulez, propose aussitôt Roberto, les deux mains sur le maillot, visiblement ravi à l'idée de me dévoiler sa virile anatomie.

— Non, non ! Ça ira, je vous assure, je suis médecin. La croyance selon laquelle l'urine pourrait avoir un effet apaisant est totalement infondée, la miction pourrait même aggraver la situation.

Les bras de Roberto retombent le long de son corps.

— Il n'y a donc rien que nous puissions faire pour vous soulager, très chère ?

— Pas grand-chose, non, je vais aller m'asseoir sur ma serviette, appliquer du sable sur mon mollet et attendre que ça passe. Ne vous inquiétez pas, d'ici à quelques heures ce ne sera plus qu'un mauvais souvenir.

Je sors de l'eau en boitant à moitié, avec l'impression que ma jambe est en proie à des flammes. J'ai tellement mal que j'ai envie de m'arracher les ongles à la pince à épiler. Le tout est de ne pas paniquer. Ce n'est qu'une piqûre de méduse, ce n'est rien du tout. Sauf si l'on y est allergique, bien sûr.

Et si j'étais allergique ? Comment pourrais-je savoir, puisque c'est la première fois que je me fais piquer ? J'ai la gorge qui gonfle, là, non ? Oh mon Dieu, je suis allergique. Je vais mourir dans cet affreux bikini bien trop serré, un 22 décembre sur une plage des Seychelles dont je ne connais même pas le nom et où je n'ai même pas choisi de mettre les pieds. Rien de tout ça ne serait arrivé en Laponie. Personne ne meurt à cause d'une piqûre de rennes… Quoique, est-ce que ça pique, les rennes ? Ça y est, je divague, c'est la fin, c'est sûr. Le venin est en train de se répandre et d'attaquer mon système nerveux. Dans quelques minutes, je vais perdre connaissance et je vais mourir.

Si ça se trouve, Roberto va essayer de me réanimer en me faisant du bouche-à-bouche… Et Brigitte en deuil, toute de noir vêtue, témoignera en sanglotant qu'elle m'a tenu la main jusqu'à mon dernier souffle.

Je jette un œil de son côté, ce que je regrette immédiatement. Je crois que le trio de choc n'est plus vraiment préoccupé par mon sort.

* * *

Finalement, je ne suis pas morte. Et je m'en réjouis. L'homme d'équipage aux yeux bleus, alerté par mes grimaces de douleur, me propose un grand verre d'eau que je me contente d'avaler, bien que l'envie de le balancer sur mon mollet pour apaiser la sensation de lave en fusion soit grande. Mais ce serait comme boire après avoir croqué dans un piment : une très mauvaise idée.

Puis il me tend la carte de visite de sa sœur qui est médecin et travaille pour l'hôtel dans lequel je séjourne. Elle pourra me donner une crème pour me soulager. Je prends le bristol et le remercie. Son sourire fait de nouveau apparaître des fossettes aux coins de ses lèvres.

De retour sur le bateau, Brigitte, après s'être inquiétée à grands cris de mon état, me murmure :

— Bien joué, le coup de la méduse, je m'en souviendrai pour une prochaine fois. Il est à croquer, ce skipper, vous m'en direz des nouvelles.

Elle appuie sa remarque d'un clin d'œil tellement peu discret qu'il lui déforme la moitié du visage, puis me plante là, moi et mes joues rouge pivoine, sous le regard dudit skipper qui n'en a évidemment pas manqué une miette.

Margot

Alors que j'attends dans le hall de l'hôtel le guide chargé de l'excursion en raquettes, j'admire une nouvelle fois dans les grands miroirs la magnifique combinaison de ski que je me suis achetée dans une boutique recommandée par l'hôtesse d'accueil. J'ai cru mourir de froid sur le trajet – une centaine de mètres à pied –, mais le jeu en valait la chandelle. Une variété de modèles était en rayon, du plus sobre au plus coloré. J'ai longuement hésité entre un corail et un bleu turquoise, avant de jeter mon dévolu sur une tenue couleur lavande à la fois élégante et passe-partout. Sans oublier chaude, mon critère essentiel. Avec sa doublure en duvet, sa fourrure blanche autour de la capuche et des manches, niveau chaleur, je suis servie. Je commence même à trépigner d'impatience de sortir affronter la température polaire.

Jamais je n'aurais cru un jour choisir de porter un vêtement pour son efficacité plutôt que pour son esthétisme. Moi, Margot, qui achète et porte avec plaisir des talons aiguilles, malgré la cambrure du pied qui défie les lois de l'équilibre et du confort.

Nous sommes une petite dizaine à attendre le guide, et je repère sans mal Alexandre et sa fille Tanya qui a cette fois la tête recroquevillée dans la capuche de sa combinaison.

Je me sens dans de meilleures dispositions que ce matin au petit-déjeuner, alors je m'approche d'Alexandre en lui faisant un signe de la main.

— Vous vous laissez tenter par l'expérience des raquettes, finalement ? me demande-t-il.

— Oui. L'activité que j'avais prévue s'est révélée décevante. Et maintenant que je suis équipée comme il se doit, je peux me lancer à l'assaut des sentiers enneigés de la Laponie sans craindre d'y perdre un membre.

— J'aime beaucoup les balades en raquettes. Ça n'a pas l'air comme ça, mais c'est assez sportif.

Je n'ai pas le temps de lui demander de préciser à quel point, car notre guide, que je n'ai pas vu arriver, nous interrompt pour sonner le départ.

* * *

Est-ce que le mot « sportif » suffit à décrire une randonnée en raquettes ? Je ne pense pas.

Nous marchons dans la neige depuis moins de vingt minutes, éclairés par nos lampes frontales, et j'ai déjà laissé un poumon en chemin. Le second tient encore le coup, mais je ne donne pas cher de ses lobes. Je ne respire plus, j'expire plutôt des râles inquiétants.

Pour moi, le terme « balade » renvoie en principe à une promenade agréable, sous un début de soleil de printemps. Je m'attendais à une petite marche sympathique sur un sentier plat et dégagé, admirant les sapins et repérant les empreintes des animaux dans la neige. Je pensais qu'on serait un peu comme dans *Bambi*, quoi…

Au lieu de ça, nos pieds s'enfoncent, malgré les raquettes, dans plusieurs centimètres de poudreuse, ce qui nécessite toute la volonté du monde pour les soulever à chaque pas. Et le sentier est tout sauf plat. Si j'avais voulu faire de l'escalade en raquettes, c'est à cette activité que je me serais inscrite.

Inexorablement, chaque membre de notre petit groupe finit par me dépasser. Oui, allez-y, avancez. Et tant que vous y êtes, laissez-moi là, je vais vous ralentir.

J'aperçois une souche d'arbre qui me semble amicale, et je décide d'y poser mon fessier. Au moins, dans ma combinaison, je n'ai pas froid.

Tanya, qui n'était pas très loin derrière moi, voit mon arrêt comme une invitation et, sans me demander si ça ne me dérangerait pas de partager ma souche d'arbre avec elle, s'y installe, elle aussi.

— C'est sympa, cette sortie, non ? je lui demande pour engager la conversation.

— Les raquettes, c'est éclaté, me répond-elle au bout de quelques instants.

Exactement, les raquettes, c'est éclaté.

Hein ? Ça veut dire quoi « éclaté » ?

* * *

J'ai l'impression que cela fait une éternité que nous sommes là, et personne ne semble s'inquiéter de notre disparition. C'est vexant.

Bon, qu'on ne se préoccupe pas de moi, je peux éventuellement le comprendre, vu que je suis venue seule. Mais qu'Alexandre ne se demande pas où se trouve sa fille, c'est choquant.

— Tu es Tanya, c'est ça ? La fille d'Alexandre ?

— Hin[1].

— Ton père et toi habitez dans la même rue que mes parents. C'est comme ça que nous nous connaissons. Enfin,

1. Onomatopée adolescente qui signifie « oui » – *Encyclopédie du non-langage adolescent*, 2022.

que lui me connaît plutôt. Enfin, il pensait que j'étais ma sœur, puisque c'est elle qui devait être à ma place ici. Au lieu de ça, elle s'éclate en bikini à la plage. Bon, pas sûre qu'elle soit en bikini, la connaissant. Ni qu'elle s'éclate, en fait. Elle aime les Noëls blancs. Je te soûle à te dire tout ça, non ?

— Hin[1].

— Okay…

À l'aide de ma botte, je creuse des sillons dans la neige. Mais comme je suis limitée par la longueur de mes jambes, ça devient vite monotone.

— Et sinon, ça se passe bien, à l'école ?

C'est bien moi qui viens de poser cette question ? Est-ce que je ne détestais pas qu'on me la pose lorsque j'avais l'âge de Tanya ?

L'adolescente lève les yeux vers moi, mais comme cette fois-ci aucun son ne sort de sa bouche, je ne sais pas si je dois y voir une progression ou une nette régression dans notre relation.

Tout à coup, un étrange phénomène se produit. Une luminosité inattendue est en train d'envahir la forêt. Je regarde au loin et non, je ne rêve pas, le soleil se lève ! Le spectacle est à couper le souffle. Petit à petit, le lieu dévoile toute sa beauté, d'abord dans des nuances de beige rosé, puis dans des tons plus éclatants, de vert et de blanc.

Les cimes des arbres sont rapidement baignées de lumière, la neige brille de mille feux.

— Je ne pleure pas, hein, ce sont mes allergies, dis-je pour me justifier face à l'émotion qui monte.

— Hin[2].

---

1. Onomatopée adolescente qui peut signifier « oui »… ou « non », selon le contexte – *Encyclopédie du non-langage adolescent*, 2022.

2. Onomatopée adolescente qui signifie… en fait on ne sait pas ce que cela signifie. *Encyclopédie du non-langage adolescent*, 2022.

Maggie

Je me pensais assez résistante à la douleur, mais c'était avant de rencontrer une méduse. De retour dans ma chambre d'hôtel, mon mollet me faisait tellement souffrir, que je n'ai pas hésité longtemps avant de contacter la sœur médecin du skipper aux yeux bleus.

Quand elle frappe à ma porte moins d'une demi-heure plus tard, je l'accueille comme le Messie.

— Merci d'être venue aussi vite !

— Ce n'est rien. Pour m'être fait piquer des dizaines de fois, je sais à quel point ça peut brûler, me répond-elle dans un français impeccable.

— Et je n'ai pas emporté de médicaments, le comble pour un médecin. C'est toujours la même histoire du cordonnier, au fond.

— Oh, vous êtes médecin ? demande-t-elle après s'être lavé les mains dans la salle de bains.

— Oui. Je suis pédiatre.

Elle examine mon mollet rouge et enflé.

— Ça a l'air impressionnant comme ça, mais il n'y a rien de grave. Certaines espèces sont plus urticantes que d'autres, vous n'avez pas eu de chance.

— Depuis hier, la chance et moi sommes comme qui dirait en froid. Je devrais me trouver en Laponie à l'heure qu'il est. Et les méduses ne sont pas légion là-bas.

— En Laponie ? s'étonne-t-elle tout en imbibant un coton d'un liquide à la forte odeur de vinaigre. Ça risque d'être un peu douloureux, mais ça enlèvera toutes les petites cellules invisibles qui pourraient continuer à délivrer du venin.

— Mes parents nous ont offert à ma sœur jumelle et moi un voyage-surprise pour notre anniversaire, je commence à expliquer en serrant les dents. Sauf que l'agence s'est mélangé les crayons entre Maggie et Margot – ma sœur s'appelle Margot – et voilà le résultat. Au lieu de vivre des journées fabuleuses au pays de Noël, je suis ici, avec un mollet en fusion.

— Je vais appliquer sur la plaie une crème à la cortisone que je vous laisserai. Il est possible que de petites vésicules se forment dans les jours prochains, surtout n'y touchez pas, elles disparaîtront toutes seules.

Elle se penche vers sa mallette pour en extraire le tube de crème.

— Vous savez, aux Seychelles aussi on aime beaucoup Noël, reprend-elle sur un ton que je trouve plus sec. C'est une fête très importante pour nous. Il y a beaucoup de catholiques pratiquants sur l'île. Ça ne ressemble sûrement pas à ce que vous faites en France, ni encore moins à la Laponie, mais nous attendons cette période avec grande impatience.

— Oui, bien sûr. Pardon si je vous ai vexée, ce n'était pas mon intention. C'est juste que… enfin, quand vous rêvez de visiter le village du père Noël, de voir des aurores boréales ou de caresser des rennes… et qu'à la place vous atterrissez sur une plage alors que vous n'avez même pas de maillot de bain… le contraste est un peu violent.

— Vu sous cet angle, me dit-elle avant de se détendre et de me sourire. Désolée d'avoir pris la mouche. Comme tous les Seychellois, je suis très fière de nos traditions, alors j'ai tendance à me rebiffer quand je me sens attaquée. Je reviendrai vous voir demain matin, pour vérifier qu'il n'y a pas de signe d'infection. D'ici là, restez à bonne distance des méduses.

— Vous pouvez compter sur moi ! Ces petites bêtes ne sont pas près de revoir ma peau. Les baignades en piscine, c'est finalement nettement moins dangereux[1].

---

1. Enfin quelqu'un de sensé !

Margot et Maggie – WhatsApp

Tu sais ce que ça veut dire « c'est éclaté », toi ?
Je me sens vieille si tu savais.

Normal, tu es vieille !

De douze minutes
de plus que toi seulement !

Tu n'arrêtes pas de me dire
que douze minutes ça compte ☺
Attends, je cherche sur Internet...

« Cette expression d'adolescent décrit
quelque chose qui a atteint le stade ultime
de la nullité. » Ouais, c'est le nouveau
« c'est naze » quoi. Ces jeunes,
ils veulent juste se donner un genre.
Et qu'est-ce qui était « éclaté » ?

La balade en raquettes.

Han la chance !!
J'en avais trop envie ☹
Moi à la place j'ai fait du catamaran
et je me suis fait piquer par une méduse.

Du catamaran… ☹

Ouais, bah,
se faire piquer par une méduse,
c'est éclaté !

23 DÉCEMBRE

Maggie

Je me moquais d'Emilio et de son coup de soleil sur le torse, lui prédisant une nuit compliquée, eh bien, croyez-moi, trouver le sommeil après une piqûre de méduse n'est guère plus facile. Le moindre frôlement du drap ou un léger courant d'air sur mon mollet était une torture. Je me demande bien pourquoi cet animal n'a jamais été utilisé comme tel au Moyen Âge. Pas besoin de concevoir des machines barbares, une simple méduse appliquée sur la jambe et vous obtenez tous les aveux que vous voulez, et même ceux dont vous ne voulez pas.

Il est dix heures précises lorsque Sophia, le médecin que j'ai vue hier, toque à ma porte.

— Bonjour, madame Carpentier. Comme convenu, je viens jeter un petit coup d'œil à votre blessure. Je ne vous demande pas comment s'est passée la nuit…

— Inutile, en effet. Ça commence à aller mieux, là. Disons que j'ai l'impression que ma jambe sort d'un four et non plus d'un seau de lave, ce qui est une nette amélioration.

— Oui, heureusement, le temps fait très bien son effet pour ce genre de désagrément. Il n'a pas l'air d'y avoir de début d'infection, affirme-t-elle tout en examinant ma jambe avec douceur et minutie. La surface de la plaie est conséquente, elle ne vous a pas loupée, mais je pense que grâce à la crème, tout ça ne sera qu'un mauvais souvenir d'ici à deux ou trois jours.

Sophia se lève, range ses affaires dans sa mallette mais marque un arrêt juste avant de sortir de la chambre.

— Vous allez me prendre pour une folle dangereuse, mais je vous assure que vous n'avez rien à craindre… Ça vous dirait si nous prenions un verre au bar de l'hôtel ? Je voudrais vous faire une proposition.

* * *

Attablées devant deux cocktails de jus de fruits au bord de la piscine, nous ne sommes pas très à l'aise.

Est-ce qu'elle va me proposer de quitter la France pour ouvrir un dispensaire avec elle, ici ? Je ne sais rien de la démographie médicale seychelloise, mais il y a peut-être une pénurie de pédiatres…

— Je ne sais pas trop comment vous présenter la chose… Hier soir, j'ai dîné avec ma mère et mon frère, et je leur ai raconté votre mésaventure.

— La méduse ?

— Ah, ah, non, l'inversion des voyages entre vous et votre sœur. Je m'en voulais un peu du ton sur lequel je vous ai parlé. Et c'est là que ma mère a eu l'idée que je vous fasse découvrir nos traditions de Noël. Elle a dit : « Une femme qui aime Noël ne peut qu'aimer celui des îles. » Alors voilà, si ça vous dit, je vous invite à passer vos prochains jours ici en ma compagnie et celle de ma famille, pour découvrir Praslin, La Digue, et apprendre à célébrer Noël comme une vraie Seychelloise.

— Mais… on ne se connaît pas…

— Chez nous, on a le lien facile. Je vous ai soigné, mon frère vous a accompagnée en bateau, c'est comme si nous étions amies, dit-elle en riant. Depuis que ma mère en a parlé, plus j'y réfléchis et plus j'ai envie de partager avec vous l'amour de mon pays. Je le vois un peu comme un défi. Vous rêviez d'un Noël blanc, je veux vous faire aimer Noël sous les tropiques.

Si je m'attendais à ça… Je ne connais rien de Sophia. Si ça se trouve, elle est à la recherche d'une touriste pour la découper en morceau et la faire cuire dans une grande marmite autour de laquelle toute sa famille se réunira le soir du réveillon…

Mais d'un autre côté, qu'est-ce que je vais bien pouvoir faire de mes journées d'ici à mon départ ?

— Maggiiiiie très chère ! Comment allez-vous ? Je suis venue toquer à votre chambre pour prendre de vos nouvelles, mais vous n'y étiez pas. Je m'inquiétais, comment va votre jambe ? me demande Brigitte qui débarque en trombe. Roberto s'est enquis de votre état de santé, vous lui avez manqué, hier soir. Nous prévoyons de nous retrouver pour un bain de minuit, accepteriez-vous d'être des nôtres ?

— Non ! je m'écrie. Je veux dire, Sophia, qui m'a soignée, m'a invitée à dîner chez elle ce soir, je reprends, plus posément. Entre médecins, on a toujours plein de trucs… de médecin à se raconter.

— Quel dommage ! C'est Roberto qui va être triste. Profitez bien de votre soirée alors, et ne faites rien que je ne ferais, ajoute-t-elle à voix basse sous forme de connivence. *Ciao bella !*

Sur ce plan-là, vous pouvez être tranquille, Brigitte.

— Bon, je crois que je viens d'accepter votre proposition, dis-je à Sophia. Faites-moi vivre un authentique Noël seychellois.

Et par la même occasion sauvez-moi des griffes de Brigitte.

— *Merveye !* Je suis bien contente. Vous ne le regretterez pas. Et après, croyez-moi, vous n'aurez plus qu'une envie : revenir le fêter ici chaque année.

Je n'en suis pas aussi convaincue qu'elle, mais devant son enthousiasme, je me contente d'acquiescer. La personne qui me fera troquer mon sapin et mes cookies contre un curry de poisson et un collier de fleurs n'est pas encore née.

Margot

Chère Joey,

J'ai survécu à ma première journée en Laponie. Le milieu étant pour le moins hostile, j'en suis assez fière. Bon, je ne me suis pas fait attaquer par une méduse comme Maggie, mais j'ai marché pendant des heures et des heures dans la neige et le froid… D'accord, la balade n'a duré qu'une heure – mais une minute lapone en vaut dix chez nous – et c'est vrai que j'avais une combinaison de ski… Il faut toujours que tu pinailles.

Chose incroyable, le soleil est apparu ! Pour se recoucher deux heures plus tard. Autant dire qu'ici, il faut être au taquet si tu veux ta dose d'UV quotidienne, une réunion qui s'éternise un peu et tu as vite fait de laisser passer le truc. Mais je dois admettre que le spectacle était magnifique. Je m'étais arrêtée pour venir en aide à une famille de pingouins en détresse quand le jour s'est levé. J'étais aux premières loges et j'ai rarement vu quelque chose d'aussi beau. Même si ça n'a pas fait frémir Tanya.

Ah oui, il faut que je t'explique qui est Tanya. Figure-toi que maman a élaboré un plan pour qu'un de ses voisins, prénommé Alexandre, parte en vacances avec son adolescente de fille – la fameuse Tanya – en Laponie, dans le même hôtel que Maggie. A priori sans visée romantique, le mec est mignon mais il vient de perdre sa femme. Non, l'idée de maman, c'était que l'empathique et sensible Maggie vienne en aide à Tanya qui s'est renfermée sur elle-même depuis quelques semaines, à l'approche des fêtes.

Sauf que tu connais l'histoire, Maggie est en prise avec des méduses aux Seychelles et c'est moi que Tanya trouve sur son chemin.

J'ai essayé de briser la glace et de tisser un lien, mais je doute d'être parvenue à quoi que ce soit. Bien sûr, je pourrais m'en foutre. Après tout, je ne la connais pas, moi, cette fille. Mais je ne peux pas m'empêcher d'y voir comme une sorte de défi. Être capable de faire aussi bien que Maggie. J'adore ma sœur, tu le sais, mais c'est parfois lourd de sentir que je ne lui arrive pas à la cheville. « Notre fille Maggie a réussi brillamment ses études de médecine », « Notre fille Maggie a choisi de devenir pédiatre parce qu'il n'y a rien de plus important que la santé des enfants », « Notre fille Maggie est tellement sensible, humaine et généreuse »… Je peux ramener tous les produits de beauté possibles et imaginables, je ne ferai jamais le poids.

Je ne sais pas encore comment je vais pouvoir aider cette adolescente, vu que je n'ai même pas réussi à engager une conversation avec elle, mais j'ai envie de prouver à ma mère que, moi aussi, je peux être empathique et sensible (merci de ne pas rire).

XoXo

P.-S. : Oui, je sais qu'il n'y a pas de pingouin en Laponie. C'est bien ce que je disais, il faut toujours que tu pinailles !

Je referme mon journal, un peu chamboulée. Le fait de m'adresser à lui comme à une amie m'aide à exprimer plus facilement mes émotions. Si j'étais face à une psy, je ne sais pas si je réussirais à me livrer. Alors que là, les réflexions viennent toutes seules, au détour d'une anecdote. Et même si Joey cherche toujours la petite bête, elle ne me juge pas.

Cette impression de ne pas arriver à la cheville de Maggie est présente depuis longtemps, mais je crois que c'est la première fois que je la formule avec autant de sincérité. C'est dur de se sentir inférieure. Je me dis souvent que ma sœur est au-dessus de moi dans bien des domaines, et qu'elle mérite tous les compliments qu'elle reçoit. D'autant qu'elle est le bébé que l'on n'attendait pas.

Bref, je vais tâcher de chasser tout ça de mon esprit et de me concentrer sur l'objectif du jour : parler avec Tanya.

— Et pour ça, rien de tel…, j'énonce à voix haute en regardant le programme du jour… qu'une activité pêche blanche !

Une activité pêche blanche ? Heu, quelqu'un m'explique ?

Maggie

Avant que je fasse la connaissance de sa famille ce soir, Sophia a décidé de me faire découvrir quelques-unes des merveilles des Seychelles. À l'écouter, il y a ici largement de quoi faire pâlir rennes, aurores boréales et village du père Noël. Elle s'est éloignée quelques minutes pour passer des coups de fil et organiser les choses. Je me demande ce qu'il peut bien y avoir à organiser pour se rendre sur une plage… En vraie amoureuse de son pays, ses yeux brillent d'excitation lorsqu'elle me rejoint au bord de la piscine.

— Alors Maggie, prête à vivre une journée d'aventures inoubliables ?

— Allons-y, je lui réponds en faisant mine de ne pas avoir entendu le mot « aventure » qui ne rime pas vraiment avec douceur ou langueur mais plutôt avec brûlure, courbature ou encore nouvelle piqûre… « et luxure ! » hurle Brigitte dans ma tête.

* * *

Sophia ne s'est pas fichue de moi puisque cela commence par le mode de transport qu'elle a choisi pour cette journée. J'ai déjà pris l'avion – je préfère la terre ferme –, j'ai déjà pris le bateau – je préfère la terre ferme –, en revanche, je n'ai encore jamais combiné les deux.

— Nous allons prendre un hydravion ?

— Oui, c'est ce qu'il y a de plus pratique et de plus rapide. J'ai un ami qui a une petite compagnie pour touristes, il a accepté de nous piloter toute la journée, m'explique-t-elle en adressant des signes de la main au type qui se dirige vers nous.

Ils échangent quelques mots en créole seychellois, puis le type me fait un grand sourire.

— Bonjour, moi c'est Wesley. Mon avion être là-bas, nous indique-t-il dans un français approximatif, en désignant l'un des hangars du petit aérodrome où nous nous trouvons. Aujourd'hui être très belle journée pour voler, temps idéal, poursuit-il alors que nous lui emboîtons le pas.

Derrière les portes métalliques que Wesley fait glisser sur des rails, est parqué un avion qui semble minuscule par rapport à l'immensité du hangar.

— Ça être *Angelina*, nous présente-t-il en caressant amoureusement la carlingue de l'appareil. Je faire petites vérifications et nous pouvoir décoller.

Si je n'étais déjà pas très à l'aise à l'idée de voyager en hydravion, la scène à laquelle j'assiste n'arrange rien. En guise de « petites » vérifications, Wesley fait tourner l'hélice d'*Angelina* – oui, parce qu'un avion à hélice avec une hélice qui ne tourne pas, ce serait un poil gênant –, et glisser ses doigts sur le bord d'attaque des ailes – pour vérifier qu'il ne manque pas de boulons se sent-il obligé d'expliquer –, enfin, il s'assure qu'il n'y a pas d'eau à l'intérieur des flotteurs.

— Tout être opérationnel, *Angelina* prête ! nous confirme-t-il avant d'ouvrir une malle rangée sur le côté et de nous tendre… des gilets de sauvetage.

Sophia enfile le sien sans même y réfléchir, puis place sur ses oreilles le casque que lui donne Wesley.

— Vous devoir mettre gilet, m'indique-t-il devant mon hésitation. Être sécurité obligatoire.

Je m'exécute, non sans penser qu'en avion, c'est plutôt mauvais signe lorsqu'il faut sortir le gilet de sous son siège.

— Vous pas vous inquiéter, moi jamais avoir eu besoin d'utiliser.

Je ne m'inquiète pas, je ne m'inquiète pas. Ou alors, juste un petit peu. Gilet sur le dos et casque sur les oreilles, assise dans l'appareil à côté de Sophia, je regrette presque de ne pas avoir accepté l'invitation de Brigitte ce matin. Puis je me rappelle qu'elle impliquait un bain de minuit avec un vieux monsieur poilu.

Wesley met le moteur d'*Angelina* en route, prouvant aussitôt l'utilité des casques sur nos oreilles.

— Dans une demi-heure, nous serons sur Praslin, me dit Sophia *via* le système d'intercom.

Ça grésille. J'ai l'impression d'être dans un film, genre *Top Gun* mais sans Tom Cruise, hélas. Quand l'appareil se met en mouvement, ça vibre de partout, je prie pour que Wesley n'ait pas traité par-dessus la jambe le contrôle des boulons sur les ailes. Nous roulons tranquillement sur ce qui doit être une piste de l'aérodrome, puis nous prenons un peu de vitesse, avant de nous élever dans les airs.

— Ça va ? me demande Sophia alors que nous volons depuis quelques minutes.

— Oui, je réponds, étonnée que ce soit le cas.

Elle me sourit puis entame une discussion avec Wesley dont je ne comprends pas le moindre mot. La vue qui s'offre à moi par les hublots est à couper le souffle. La couleur de l'eau est incroyable et je comprends pourquoi certaines plages des Seychelles sont classées parmi les plus belles du monde.

— Amerrissage en approche, nous signale Wesley.

J'avais presque oublié ce minuscule détail. J'imagine alors les flotteurs se disloquer au contact de la surface et l'hydravion faire des ricochets comme un galet qu'on lance avant de se retrouver les quatre roues en l'air et nous sous l'eau[1]. Wesley vire de bord puis entame une descente qui me paraît aussi rapide que vertigineuse, avant de poser l'appareil en douceur. Comme toutes les personnes qui viennent de voir la mort en face, je ne peux m'empêcher d'applaudir. Quand on y pense, on remercie le pilote de ne pas nous avoir tués, drôle de métier.

Puis Wesley se gare le long d'un ponton avant de couper le moteur.

— Île de Praslin, nous annonce-t-il. *Angelina* et moi, on va vous attendre ici.

Sophia ouvre la porte, et passe du flotteur au ponton avec souplesse et agilité. Quand vient mon tour, je ne peux m'empêcher de voir mon pied glisser, mon corps basculer pour se retrouver écrasé entre le flotteur et le ponton. Après avoir survécu à un premier amerrissage, ce ne serait vraiment pas de chance !

La végétation est luxuriante, on se croirait aux portes de la forêt amazonienne, très loin en tout cas du paysage offert par les plages paradisiaques des environs.

— Ce que tu vois là, c'est la Vallée de Mai, commence à m'expliquer Sophia alors que nous quittons le ponton – sans chute malencontreuse – pour un chemin qui s'apparente à un sentier de randonnée. C'est une forêt de palmiers dont la nature sauvage est précieusement conservée. Beaucoup de Seychellois considèrent qu'elle ressemble au jardin d'Éden décrit dans la Bible.

La route est loin d'être plate et je remercie mentalement Sophia de m'avoir fait acheter, avant de nous rendre à

1. D'où les gilets de sauvetage en même temps…

l'aérodrome, une paire de chaussures plus adaptées que les tongs trouvées dans la boutique de l'hôtel. Comme me l'a indiqué Sophia, nous sommes entourées d'une multitude de palmiers, dont je serais bien incapable de différencier les variétés. Les nombreux cris d'oiseaux, stridents ou mélodieux, me donnent la sensation d'être dans une volière.

— Il y a beaucoup de perroquets ici, dont le perroquet noir des Seychelles qui est une espèce endémique de l'île. Il attire des passionnés du monde entier.

Sophia s'arrête soudain et pointe du doigt le centre d'un palmier où pendent deux énormes boules vertes qui ressemblent à…

— Ça, ce sont des coco-fesses, me confirme-t-elle. C'est l'un des emblèmes des Seychelles.

Je m'approche un peu plus, amusée par la forme de ces énormes fruits.

— Il m'en faudrait un comme ça dans mon cabinet ! je m'exclame. Je cherche toujours comment faire rire les enfants, tu peux être sûre qu'un fruit en forme de fesses serait d'une efficacité redoutable. Tu crois que je peux en ramener un, en souvenir ?

— Ils pèsent entre quinze et vingt kilos, me répond-elle en riant. Un peu lourd à glisser dans une valise.

— Je n'ai plus qu'à me rabattre sur une version pendentif, j'imagine que je dois pouvoir trouver ça dans une boutique de souvenirs ? En France, il en existe en forme de clitoris – j'en ai offert un à une amie gynéco –, sauf que ça n'a pas grand intérêt pour des patients qui ont moins de cinq ans. Les fesses, ce sera bien mieux.

Sophia me regarde bizarrement.

— Oublie ce que je viens de dire, humour de pédiatre. Les généralistes sont si tristes…

* * *

Après une randonnée d'une petite heure qui m'a ouvert l'appétit, nous sommes de retour auprès de Wesley.

— Je ne peux pas t'emmener sur Praslin sans te montrer la plage d'Anse-Georgette ; ce n'est vraiment pas très loin, mais en voiture c'est toujours compliqué, m'explique Sophia *via* l'intercom qui grésille toujours autant – on envoie des hommes sur la Lune mais impossible d'avoir une communication nette dans un hydravion –, alors que le moteur vrombit et qu'*Angelina* semble peiner à s'envoler.

— Décollage sur l'eau être plus difficile, nous interrompt Wesley comme s'il lisait dans mes pensées. Flotteurs doivent s'arracher de l'eau, et c'est grosse résistance.

En même temps, on n'est peut-être pas obligés de décoller ? On pourrait avancer sur l'eau, comme une sorte de bateau avec une hélice devant ? Ce n'est qu'une suggestion… Mais au bout d'une centaine de mètres d'effort, je sens *Angelina* s'élever dans les airs, félicitée par son pilote qui lui adresse des mots tendres. Je connaissais l'amour de l'homme pour sa voiture, je découvre celui de l'homme pour son hydravion.

Après mon deuxième amerrissage de la journée et ma deuxième sortie sur ponton sans encombre, la plage d'Anse-Georgette s'offre à moi, et il me faut quelques minutes pour reprendre mes esprits tant je suis émerveillée par ce que je vois. Une mer turquoise quasi transparente, du sable blanc, des rochers de granit polis qui reflètent la lumière et entourent la plage, lui donnant l'apparence d'une crique.

— Moi aussi, ça me fait pleurer parfois, me taquine Sophia, pas peu fière de voir que son île suscite une telle émotion chez moi. Je savais bien que tu ne pourrais pas rester insensible au charme des Seychelles.

— Je n'ai jamais rien vu d'aussi beau de ma vie.

— Et nous ne sommes qu'au milieu de la journée ! me lance-t-elle avec un clin d'œil.

Margot

— Le pêche blanche, ou pêche au trou, c'est activité très adorée par les Finlandais, fait l'effort de nous expliquer en français notre accompagnateur du jour, un colosse de deux mètres à la barbe rousse, prénommé Skylar.

Sur le dépliant de l'excursion, il est mentionné qu'il faut en fait voir ça comme une expérience méditative à part entière…

On médite, on médite, mais tout en espérant qu'un poisson vienne s'empaler sur un hameçon, j'ironise en moi-même. J'avoue ne jamais avoir compris l'intérêt de la pêche, qu'elle soit au trou, blanche, verte ou orange.

Après un trajet en motoneige au cours duquel j'ai vu la mort plusieurs fois au détour d'un virage, nous sommes une petite dizaine à écouter religieusement Skylar, au beau milieu d'un lac gelé, dont je me suis discrètement assurée à coups de talon que la surface était solide. On n'est jamais trop prudente. Je garde un souvenir vif de la pauvre Amy tombée dans l'eau après que la glace a cédé sous son poids. Et si Jo et Laurie n'avaient pas été là pour l'aider, il n'y aurait plus eu que trois filles du docteur March, dès le début de l'histoire.

— Vous demandez comment faire pour pêcher dans glace ?

Là, tout de suite, je me demande surtout s'il serait possible de commander un chocolat chaud… Avec des petites guimauves, si ce n'est pas trop abuser.

— C'est grâce à ceci, nous indique Skylar en soulevant une sorte de grosse tige qu'il tient dans la main. Moi forer un trou dans glace pour chacun d'entre vous. Puis vous laisser tomber canne à pêche dans le trou… et vous attendre.

Forer des trous ne va-t-il pas fragiliser la glace ? Je semble être la seule à me poser la question ; mes acolytes, eux, se dirigent sans la moindre inquiétude vers une malle en acier pour y récupérer leur canne à pêche et un petit bocal d'asticots. Vivants, les asticots.

Alexandre, le père de Tanya, me tend une canne avec un sourire.

— Merci. Je voulais vous dire…, je bredouille, pour hier matin, je suis désolée de m'être emportée. Vous vous attendiez à trouver Maggie, mais vous n'êtes pour rien dans tout ce quiproquo.

— C'est oublié. Je n'aurais moi-même pas dû débouler comme ça en plein milieu de votre petit-déjeuner.

J'attrape ma canne qui ressemble à s'y méprendre à celle que l'on utilisait enfant dans les fêtes foraines pour la pêche aux canards. Si ce n'est qu'elle est dotée sur le côté d'une sorte de moulinet qui permet de faire descendre la ligne et l'hameçon pourvu d'un asticot gigotant – enfin qui le sera beaucoup moins à ce stade – dans le trou foré dans la glace.

Mon problème, à présent, consiste à assembler asticot et hameçon. Les petits vers grouillent dans leur récipient, tout gluants. Ça me dégoûte. Mais je ne m'avoue pas vaincue. J'en ai vu d'autres ! Je souffle un bon coup et d'un geste sûr, j'attrape un spécimen dans le bocal, que je sens se débattre entre mes doigts. Je crois que je vais vomir. Par réflexe, je balance l'asticot loin de moi, non sans pousser de petits cris d'écœurement.

Tanya, à quelques mètres de là, pouffe, mais se reprend vite.

— Vous besoin d'aide ? me demande Skylar.

Sans attendre ma réponse, il attrape deux vers qu'il empale sans états d'âme, préliminaire ni anesthésie sur l'hameçon. Leçon du jour : ne jamais se mettre à dos un Finlandais à barbe rousse.

J'actionne donc le petit moulinet et regarde ma ligne plonger dans l'eau glacée. Et ensuite, on fait quoi ?

— Attendre maintenant, répond Skylar à ma question silencieuse.

Attendre, attendre ? Ou attendre genre il va se passer quelque chose quand même ? Parce que je ne suis pas vraiment de celles qui aiment attendre, en fait. Mais l'image de ce géant roux me poursuivant avec un hameçon me pousse à ne pas trop la ramener. À ma montre, il est 11 h 45.

11 h 46 – Les pêcheurs ont une sorte de tabouret pliant sur lequel ils peuvent s'asseoir, non ? Parce que nous, on est debout. Mais ça doit faire partie du plaisir, c'est pour muscler les cuisses.

11 h 47 – Je suis la seule à avoir froid ?

11 h 48 – En fait, je troquerais volontiers la promesse de cuisses musclées contre une chaise.

11 h 50 – Oh, un ours ! Ah, ah, non, je plaisante, on est au milieu de nulle part, sur un lac où il n'y a que nous. Mais un ours, ça aurait apporté un peu d'animation.

Je sifflote.

Et recueille aussi sec les regards courroucés de mes voisins.

— Mieux pas faire de bruit, si vouloir pas faire peur aux poissons, me gronde Skylar.

11 h 51 – Si on ne peut même plus siffloter, maintenant...

11 h 52 – Et puis d'abord, qui nous dit qu'il y a des poissons là-dessous ? Si ça se trouve ils sont surgelés, les pauvres, prêts à être mis en sachet et vendus chez Picard.

11 h 53 – Pas faire de bruit gnagnagna, je t'en foutrai, moi, je murmure.

11 h 55 – Que disait le dépliant déjà ? Ah oui : « Pendant que vous attendez qu'il se passe quelque chose... » – alors pardon mais pour l'instant il ne se passe rien – « votre esprit s'allège et se clarifie de façon tout à fait inattendue ».

11 h 57 – Mon esprit à moi il se clarifierait bien mieux sur un transat au soleil, avec un cocktail.

11 h 59 – J'ai faim.

12 h 00 – C'est quand qu'on arrive ? Ah zut, ça, c'est pour les trajets en voiture.

12 h 01 – Est-ce que les poissons boivent de l'eau ?

12 h 02 – Et d'ailleurs, est-ce qu'ils doivent aussi attendre un peu pour aller se baigner après le repas ?

12 h 04 – Si on compte les poissons au lieu des moutons, est-ce qu'on s'endort plus vite ?

12 h 05 – De toute façon il n'y a pas le moindre poisson sous cette fichue glace...

Alors que je me pose toutes ces questions primordiales, et que je suis en passe de démontrer qui vient en premier de l'œuf ou de la poule, se produit l'inattendu.

Ma ligne se tend. Un poisson désorienté et suicidaire a mordu à mon hameçon ! Surprise, je fais ce que n'importe qui ferait à ma place : je lâche ma canne à pêche.

Et je la regarde disparaître en cinq secondes par le trou tout juste assez grand pour laisser passer le moulinet.

— Quoi vous faire ? s'exclame Skylar avant de se jeter à plat ventre et, dans un élan désespéré, de plonger un bras dans l'eau pour tenter de récupérer son précieux.

— Comment ça moi quoi faire ? Moi avoir peur, voilà. Ça peut arriver à tout le monde, non ? Moi pas faire exprès. Moi désolée pour pauvre poisson qui va maintenant être obligé de nager avec un hameçon planté dans la joue, tout en traînant un fil et une canne à pêche.

Cette fois-ci, Tanya éclate de rire. Ça ne dure que quelques instants, mais c'est franc et spontané.

Alexandre se tourne vers moi, le regard brillant, et m'adresse un grand sourire. Je suis loin d'être à la hauteur de Maggie, mais j'ai réussi à faire rire Tanya. Ça valait le coup, finalement, la pêche au trou.

12 h 10 – On y va maintenant ? Je ne peux plus pêcher, mon poisson s'est tiré avec ma canne.

* * *

Pour le déjeuner, Skylar nous emmène dans une sorte de grange à proximité du lac. De longues tables y sont disposées pour permettre aux pêcheurs de pique-niquer. Faute de chauffage, il n'est pas possible d'enlever son manteau, mais au moins, on peut s'asseoir sur les bancs.

— Vous bien vouloir aller chercher de l'eau ? me demande Skylar en me tendant un bidon en plastique.

— Euh... oui, mais où se trouve le robinet ?

Il éclate de rire.

— Pas besoin robinet ! Vous allez remplir dans le lac, il y a un trou au bord.

— Dans le lac ? je ne peux m'empêcher de m'étonner.

— Eau est très bonne. Pas comme dans la Seine !

Sa blague l'amuse beaucoup, il se bidonne à s'en tenir les côtes. Je ne vois pas vraiment ce qu'il y a de drôle, l'eau de la Seine aussi est très bonne. Pour qui n'a pas peur de mourir en la buvant.

Je me dirige donc vers le lac et repère le trou en question. Un grand seau arrimé à une tige est posé sur le bord. Je saisis la tige et plonge le seau dans l'eau avant de le remonter. Appelez-moi Caroline Ingalls. Je vide le seau dans le bidon et répète l'opération plusieurs fois jusqu'à le remplir complètement. Ma confiance en moi dégringole lorsque je tente de soulever le bidon, qui paraît peser une tonne maintenant. Mais où est Charles quand on a besoin de lui ?

Après une cinquantaine de mètres à porter mon exaspération à bout de souffle, je découvre le repas concocté par l'hôtel, que Skylar a disposé sur l'une des tables de la grange. Au menu, des sortes de galettes de seigle pliées en forme de pirogue, garnies d'une bouillie de riz, et un ragoût non-identifiable. À côté des galettes, j'aperçois dans un récipient en verre quelque chose qui ressemble à du beurre mais avec des morceaux.

— Ça *karjalanpiirakka*, nous apprend notre accompagnateur en désignant les galettes. Vous prendre et étaler dessus *munavoi* – munavoi être comme une pâte faite avec beurre et œufs écrasés. Aller très bien avec karjalanpiirakka. Et ça, continue-t-il en désignant le ragoût, *poronkäristys*, c'est viande de renne. Délicieux et bon remplissage de l'estomac pour toute la journée.

De la viande de renne ? Mais de renne comme les rennes qui tirent le traîneau du père Noël ? Fringant, Comète, Tonnerre et tous les autres dont personne, à part peut-être Maggie, ne se souvient des noms ? Je crois que je vais me contenter des karjalan-chose. J'attrape une galette que j'approche de ma bouche très lentement, méfiante. J'en croque un petit morceau. La texture n'est pas désagréable et le goût assez neutre. Ni salé ni sucré, c'est plutôt bon.

En confiance, je tartine ma karjalanpi-truc de beurre aux œufs. C'est surprenant, mais excellent. Si quelqu'un veut ma part de renne, qu'il n'hésite pas, moi, je vais reprendre une de ces pirogues.

Le repas est gai et animé. Skylar narre des anecdotes de pêcheurs que la poignée d'hommes présents écoutent avec attention, intéressés par le récit ou apeurés à l'idée d'être embrochés par un hameçon s'ils déclenchaient le courroux de notre barbu.

Je me rapproche d'Alexandre et de Tanya.

— Jamais je ne réussirai à retenir le nom exact de ces galettes, mais c'est une très bonne surprise. J'ai toujours un peu peur lorsque vient le moment de goûter à de la cuisine locale. J'ai encore un souvenir assez précis des *criadillas* que j'ai mangés en Espagne.

— Des *criadillas* ?

— Des testicules de taureau farinés et panés. Une horreur. Évidemment, je n'avais aucune idée de ce que je m'apprêtais à manger, avant la première bouchée.

— Vous voyagez beaucoup ? me demande Alexandre.

— Assez souvent, oui. Je travaille dans un laboratoire de cosmétiques de luxe, et même si je ne suis « que » responsable du service des ressources humaines, je participe aux foires professionnelles qui sont nombreuses dans le secteur. D'ailleurs, Tanya, si tu aimes les produits de beauté, je dois avoir des petites choses dans ma valise.

Tanya hausse les épaules.

— Ce n'est pas toi qui m'as rebattu les oreilles pendant des semaines avec cette crème soi-disant miraculeuse utilisée par toutes les stars de la planète ? s'étonne son père.

— La crème Orchidée de La Prairie ?

— Oui, celle-ci ! me confirme Alexandre. Ah ça, j'en ai entendu parler de cette crème ! Le prix m'a quasiment déclenché une crise cardiaque.

— C'est vrai qu'elle n'est pas donnée. Mais c'est un excellent produit. D'ailleurs, c'est mon laboratoire qui la fabrique, ajouté-je après quelques secondes, pour ménager mon effet.

Et l'information fait mouche. Cette fois, Tanya ne parvient pas à réfréner son enthousiasme.

— C'est vrai ? me demande-t-elle.

— Absolument. Je dois en avoir des échantillons avec moi ! Si jamais ça te dit, tu pourras passer dans ma chambre tout à l'heure. Ma sœur jumelle, Maggie, est dingue de produits de beauté, comme toi.

— Qui vouloir du *glöggy* ? nous interrompt Skylar en levant une grosse bouteille Thermos au-dessus de sa tête. Glöggy va réchauffer vous.

Réchauffer ? Qui a dit réchauffer ? Mettez-moi dix litres de glöggy, s'il vous plaît !

Maggie

Sophia nous a réservé une table dans un restaurant sur la plage. Nous ne sommes que toutes les deux, les pieds dans le sable. Wesley a préféré rester avec *Angelina* et faire une sieste. À peine sommes-nous installées qu'une serveuse vient prendre notre commande. Sophia me propose de la laisser choisir afin que cette journée soit entièrement sous le signe de la découverte pour moi. Au menu, nous aurons donc du kat-kat, un plat seychellois populaire qui mélange de la banane verte et du thon, le tout servi dans un lait de coco salé et poivré, ainsi qu'un cari coco de poisson et, en guise de dessert, des beignets de potiron au sirop à la vanille.

Pour porter un toast, elle demande deux verres de coco d'amour, la liqueur typique des Seychelles, à base de rhum blanc.

C'est assez étrange d'être attablée pour déjeuner avec une personne que l'on ne connaît pas du tout. Faute d'occupation, hormis celle de prélever de petits morceaux de pain avant de les manger, je sens une petite gêne s'installer.

— La situation est un peu bizarre, non ? me dit Sophia. D'habitude je n'embarque pas mes patients pour faire du tourisme.

— Moi non plus. Il faut dire que mes patients ont moins de dix ans, ça aurait un côté un peu illégal. Ça fait longtemps que tu exerces ?

— Cinq ans. Mon père était médecin, lui aussi, j'ai repris le flambeau.

— Il doit être fier de t'avoir transmis l'envie de faire ce métier.

— Il l'était, oui. Il est décédé l'année dernière.

— Pardon, je n'aurais pas dû…

— La mort fait partie de la vie, c'est ainsi. Et toi, ta famille ?

— Mes parents sont actuellement en Afrique, en train de faire un safari. C'était le rêve de ma mère. En principe, nous fêtons Noël tous les quatre en famille. Ça a toujours été très important pour moi. Mais cette année, je ne sais pas, ma mère s'est dit qu'il était temps de bousculer les traditions, et nous a concocté ces petits voyages-surprises.

— Sauf que tu aurais dû être au pôle Nord avec le père Noël.

— C'est ça.

— Et ta sœur ? Tu as de ses nouvelles ? Comment vit-elle la situation ?

— Elle a très froid et me maudit d'avoir rêvé de visiter la Laponie.

— Je la comprends. Quand la température descend en dessous des vingt degrés, j'ai l'impression d'être congelée. Vous êtes proches, toutes les deux ?

— Oui, nous vivons même ensemble en ce moment. Margot a divorcé l'année dernière. Elle ne l'admettra jamais et m'affirme chercher activement un appartement, mais je sais qu'elle est angoissée à l'idée de vivre seule. Et comme elle culpabilise un peu de m'imposer sa présence, je peux avoir tous les produits de beauté que je veux. Elle est DRH pour un labo de cosmétiques. Et toi, ta famille ?

— Je vis chez ma maman, avec mon plus jeune frère, Keanu, que tu as vu sur le bateau.

Le beau skipper aux yeux bleus…

— Et nous avons un autre frère et deux sœurs, poursuit Sophia. Quand mon papa est décédé, Keanu et moi sommes revenus dans la maison de notre enfance. Chez nous, la famille se serre toujours les coudes.

— Et vos frères et sœurs ?

— Ils ne vivent plus aux Seychelles. Mes sœurs sont parties s'installer à Chicago ; elles ont monté un restaurant là-bas, c'était compliqué pour elles de tout abandonner pour revenir au pays. Mon deuxième frère, lui, n'a pas encore réussi à s'établir quelque part. Il est en Australie, je crois, en ce moment. On ne se parle pas souvent, il a toujours eu des relations difficiles avec nous.

Je devine que ça la peine. Et la période de l'année ne doit rien arranger. Je ne sais pas ce que je deviendrais si je n'avais pas Margot, si je ne pouvais pas tous les jours échanger des dizaines de messages avec elle.

Il ne m'en faudrait pas beaucoup plus pour me mettre à pleurer, quand la serveuse arrive à point nommé avec nos liqueurs.

— Santé ! lance Sophia en tendant son verre.

Nous trinquons, puis j'avale une gorgée qui me brûle l'œsophage, me transformant en Gigi dans *Les bronzés font du ski*, ce qui fait beaucoup rire mon homologue seychelloise.

L'avantage, c'est que les plats que je goûte ensuite me paraissent délicieusement doux alors que je suis certaine qu'au pays des épices, il n'en est rien. La chaleur des rayons du soleil caresse mon dos, atténuée par une brise venue de la mer ; pour la première fois depuis le début de mon séjour, je me sens bien, sans pensée amère pour ce Noël fantasmé qui m'a échappé.

Margot

Il paraît qu'en Finlande il y a plus de saunas que de voitures. En même temps, à quoi pourrait servir une voiture ici puisqu'il n'y a pas de routes praticables ? Je sens que l'activité de l'après-midi va me réconcilier avec la Laponie et, bonus non négligeable, me permettre de porter mon bikini d'amour de chez Victoria's Secret. Le sauna, c'est la vie, je l'ai toujours dit.

Et avec les quelques verres de glöggy que j'ai bus, ma température corporelle est déjà au diapason.

Le spa n'est qu'à quelques minutes de marche de la grange où nous avons pique-niqué. « Spa » est un grand mot pour décrire le chalet en bois dans lequel nous entrons, mais je ne fais pas la fine bouche. Tant qu'il fait chaud, ça me va.

Freija, une très belle femme arborant une magnifique tresse qui descend jusqu'au bas de son dos, nous accueille avec un grand sourire.

— Bonjour et bienvenue. Ici, tout être fait pour bien-être du corps et du esprit. Nous dire souvent que Finlandais construisent sauna avant maison. Parce que sauna très bon pour chasser les mauvaises choses dans corps. On commence par femmes ? demande-t-elle en se tournant vers

Skylar qui se renfrogne mais acquiesce malgré tout d'un signe de tête.

— Il y a des bières pour vous, indique Freija alors que les hommes suivent Skylar dans une sorte de salle d'attente avant de se tourner vers nous. Nous, allons nous déshabiller.

Nous suivons Freija dans une petite pièce tapissée de portemanteaux. Sans aucune gêne, notre hôtesse ôte son pull, son pantalon et ses sous-vêtements, puis accroche le tout sur une patère avant d'attraper dans un panier une sorte de serviette en papier.

— Votre tour, nous encourage-t-elle. Mettez-vous toutes nues.

— Toutes nues ? Comme dans toute nue ? je ne peux m'empêcher de demander.

Freija pourrait juste avoir laissé son maillot de bain chez elle ce matin. Un oubli, ça arrive à tout le monde.

Ma question la fait éclater de rire. J'en déduis donc qu'elle n'a rien oublié. Et je comprends maintenant pourquoi les hommes sont en train d'attendre leur tour en sirotant des bières.

— Maillot de bain mauvais à cause microbes. Mieux si toute nue.

Mieux si toute nue, mieux si toute nue, c'est vite dit…

Avec la rapidité d'un escargot neurasthénique sous Xanax, je commence à me déshabiller, observant du coin de l'œil les autres femmes de notre groupe, réconfortée de voir qu'elles non plus n'en mènent pas large. Je crois même percevoir de la panique dans le regard de Tanya. Si, moi, à trente-cinq ans, je ne suis pas très à l'aise, j'imagine aisément ce qu'elle doit ressentir avec son corps d'adolescente qu'elle apprend seulement à apprivoiser. Je lui récupère donc une serviette, afin qu'elle puisse se couvrir sans avoir à traverser la pièce pour cela.

— Merci, me chuchote-t-elle.

Une fois que nous sommes toutes en tenue d'Ève – jolie formule pour désigner des femmes à poil avec option seins qui pendouillent, petit ventre et fesses flasques –, nous suivons Freija et entrons… dans un four. Un thermomètre sur le mur indique une température de 80 °C. Sous les pierres, on entend le feu qui crépite. Freija s'installe sur l'un des bancs, et je l'imite, cherchant tant bien que mal à couvrir mon intimité de cette ridicule serviette en papier qui ne demande qu'à se déchirer.

— Nous être bien, non ? Sauna être meilleur moment de la journée en Finlande. Parfois hommes d'affaires viennent pour discuter et signer gros contrats.

L'idée d'une négociation de fin de mouvement de grève avec le délégué syndical dans le plus simple appareil me fait frémir. Je mène un combat intérieur pour qu'aucune image de Rémy, torse poilu et mains croisées sur son appendice tout mou, n'apparaisse dans mon esprit. En vain. Les prochaines réunions vont être sympathiques.

Nous rôtissons depuis au moins deux longues minutes, quand Freija se lève pour aller verser une louche de je ne sais quoi sur les bûches.

Je sens mon rythme cardiaque s'accélérer, j'essaie de respirer calmement et profondément, mais l'air me brûle l'intérieur des narines.

J'en viens donc à la conclusion qu'il existe un vaste problème de régulation de la température dans ce pays, puisqu'il faut choisir entre mourir de froid et crever de chaud. La Laponie regorge de ressources naturelles mais manque clairement d'un objet essentiel : le thermostat.

Nous frôlons la surcuisson lorsque soudain Freija se lève et ouvre une porte qui donne sur l'extérieur.

— Maintenant que nous avoir bien chaud, nous aller nous rouler dans la neige. Ça être très bon pour cellules.

Elle s'avance, pieds et seins nus, et s'exécute.

— Ça être sensation extraordinaire ! Venez, venez, nous encourage-t-elle.

Il va sans doute falloir bien plus que des encouragements pour que l'une d'entre nous la rejoigne, me dis-je, avant d'assister, incrédule, au ballet de mes partenaires du jour qui se laissent tomber sans hésitation dans cette matière glaciale et fondante.

Jusqu'au moment où il ne reste plus que Tanya et moi sur le pas de la porte du sauna, protégeant tant bien mal nos corps par nos serviettes en papier gorgées d'humidité.

— Après vous, semble me défier Tanya.

Mais qu'est-ce qu'elle croit, la gamine ? Qu'un petit tas de neige va me faire peur ? Rien ne me fait peur à moi, rien ! Je prends une grande inspiration et d'un geste décidé, je pose un orteil sur le sol. Je retiens un cri, pas question de passer pour une faible. Et dire que certaines personnes font toute une histoire quand elles marchent par inadvertance sur un Lego… Qu'elles viennent patauger dans la neige, sans chaussures ni chaussettes, et on en reparlera ! Comme je ne sens plus mes extrémités, et que je ne suis plus à une engelure près, je rejoins le reste du groupe et me couche sur le dos, les bras en croix. Prête à accueillir la mort.

Moi, Margot Carpentier, je suis nue, allongée dans la neige par une température extérieure négative. Et il n'y a aucune caméra pour immortaliser la scène ! C'est bien ma veine.

— Bravo, bravo, me félicite Freija. Vous vous sentir beaucoup mieux après.

— Je vais surtout attraper une pneumonie, oui, je grommelle en claquant des dents avant de rouler et de me recouvrir petit à petit d'une fine couche neigeuse.

— Oui, roule, roule, m'encourage Freija en m'imitant. Ça régénère cellules de votre corps.

Je ne sais pas si je régénère quelque chose, mais j'ai l'impression d'être une crevette que l'on roule dans une feuille de riz pour former un rouleau de printemps. À côté de moi, Tanya, qui semble avoir complètement oublié qu'elle est nue, remue bras et jambes pour dessiner un ange dans la neige. Et elle rit, d'un rire spontané, comme s'il n'y avait qu'elle sur ce lac gelé. Mais quand elle s'aperçoit que je la regarde, elle se reprend et son visage se referme aussitôt.

— Mesdames, c'est le moment nous retourner dans sauna. Nous pas vouloir nous transformer en frites congelées.

Il ne faut pas me le dire deux fois, je me relève aussi vite que si Ryan Gosling venait de passer une tête par la porte, et me précipite à l'intérieur. Je prendrai le temps plus tard de compter mes doigts de pieds. Au pire, a-t-on besoin d'autant d'orteils. Un ou deux en moins, et ceux restants seront bien plus à leur aise dans mes escarpins.

* * *

Alors que je ne rêve que d'une douche brûlante et d'une bonne soupe, une dernière escale, et non des moindres, est prévue avant notre retour à l'hôtel : la visite d'une ferme de rennes. Et pas n'importe quels rennes, s'enthousiasme notre accompagnateur, les vrais rennes du père Noël !

Comète, Tornade, Fringant…

… et tous les autres dont seule Maggie est capable de se rappeler les prénoms. Est-ce qu'ils vont sentir qu'on nous a servi la viande de leurs congénères ce midi ? Voilà qui risque de compliquer nos relations…

La ferme de Sirmakko élève plus de deux cent cinquante rennes. Bien plus qu'il n'en faut pour tirer le traîneau du gros bonhomme rouge, même en comptant les remplaçants. Nous suivons la maîtresse des lieux qui nous conduit vers une immense prairie éclairée. Lorsqu'ils nous entendent approcher, certains rennes relèvent la tête. Avec leurs bois, ils sont majestueux. Des faons, nullement effarouchés, se précipitent vers notre groupe, sans doute en quête d'une friandise à croquer.

Je tends la main, et aussitôt, un petit museau vient se loger sous ma paume. L'animal a le pelage aussi immaculé que la neige qui l'environne et des yeux noisette pétillants. J'ignorais qu'il existait des rennes blancs. Olga, l'une des éleveuses, m'explique qu'il s'agit d'une mutation génétique très rare. Le petit et sa maman qu'elle me désigne sont les deux seuls de l'élevage. Elle m'apprend qu'il s'appelle Hiutale, « flocon » en français.

Flocon… Voilà qui irait très bien avec Comète, Tonnerre, Tornade, Danseuse, Fringant, Furie, Cupidon et Éclair ; oui, ça m'agaçait de n'en connaître que trois, merci Google.

Maggie

Je somnole, sans doute depuis un bon moment déjà, lorsque nous arrivons sur l'île de Curieuse. C'est fou comme le deuxième verre de coco d'amour se boit nettement mieux que le premier... Sans parler du troisième. Sophia me secoue légèrement pour m'aider à émerger. Si l'on m'avait dit un jour que je m'endormirais dans un hydravion...

L'après-midi est bien entamé et je n'ai aucune idée du programme qui m'attend pour le terminer. Sophia, malgré maintes supplications, n'a rien voulu me dire. Je me demande si je mettrais la même énergie et passion qu'elle à lui faire découvrir la France si elle me rendait visite. On sent qu'elle éprouve un amour profond pour les îles qui l'ont vue grandir.

Comme sur l'île de Praslin, nous nous engageons sur un sentier de randonnée. L'endroit paraît nettement moins touristique : je n'ai aperçu aucun hôtel, ni même aucune habitation.

— Ça, c'est la Doctor's House, m'indique Sophia en me montrant une grande maison coloniale. C'était l'endroit réservé au médecin qui venait soigner les lépreux. L'île a servi de léproserie pendant quasiment un siècle. C'est pour ça qu'elle ne s'est pas développée comme les autres îles. Les soignants qui venaient ici étaient isolés pour éviter tout risque de contagion.

Des images de malades aux membres rongés me viennent en tête. Comme cela devait être dur d'exercer la médecine à cette époque... Nous marchons silencieusement sur quelques dizaines de mètres, perdues dans des pensées qui doivent être similaires. Je m'arrête soudain, le souffle coupé par la scène qui se déroule sous mes yeux.

— C'est...

— Une tortue géante ? Oui, c'est bien ça, me répond Sophia, tout sourires.

Une tortue avance vers nous sur le chemin. Je suis hypnotisée par la lenteur et la taille de l'animal que je regarde se mouvoir, une patte après l'autre. Elle est majestueuse. Est-ce qu'elle nous voit ? En tout cas, notre présence ne semble nullement la déranger. Lorsqu'elle arrive à notre hauteur, nous nous écartons pour la laisser passer et poursuivre sa route jusqu'à la plage.

— C'est...

Sophia éclate de rire.

— Ne t'inquiète pas, cela fait le même effet à tout le monde la première fois. Quiconque affirme que le chien ou le chat est son animal préféré n'a jamais croisé une tortue géante des Seychelles. C'est la mission principale de l'île aujourd'hui : protéger les tortues terrestres géantes mais également les tortues marines qui viennent pondre sur les plages.

Je ne peux détacher mes yeux de l'animal et l'observe jusqu'à ce qu'il disparaisse complètement de mon champ de vision. Je comprends mieux pourquoi Sophia ne m'a rien dit de notre visite de l'après-midi, la rencontre aurait perdu de sa puissance si elle m'en avait parlé.

— Tu n'es pas au bout de tes surprises, me lance-t-elle avec un large sourire.

Nous reprenons notre marche et suivons le sentier, en empruntant de temps à autre des ponts qui permettent de traverser les mangroves. J'écoute Sophia m'indiquer les noms de quelques plantes, à peu près certaine de n'en retenir aucun en raison de la combinaison rhum-coco et rencontre tortuesque du troisième type.

— Dernière étape du jour, et non des moindres, Laraie Bay, m'annonce Sophia lorsque nous débouchons sur une plage.

Et cette fois, l'émotion me submerge. De nombreuses tortues sont là, en liberté.

— Viens, je vais te présenter quelqu'un, me dit Sophia en se dirigeant vers un bâtiment en retrait. Il m'est arrivé à plusieurs reprises de venir soigner des touristes ici à la demande de mon frère, principalement pour des blessures occasionnées par des crabes. J'ai fini par sympathiser avec les soigneurs de tortues, qui travaillent pour le compte du parc national de Curieuse.

Sophia frappe et, n'obtenant aucune réponse, pousse la porte entrouverte.

— Malika ?

Une jeune femme est en train de s'affairer autour d'un enclos. Lorsqu'elle entend son nom, elle sursaute et se redresse brusquement.

— Pardon, je ne voulais pas te faire peur, s'excuse aussitôt Sophia. J'ai frappé mais...

— J'étais tellement concentrée que je n'ai rien entendu. Tu m'as foutu une de ces frousses, répond-elle en souriant.

— Je te présente Maggie, elle est en vacances pour quelques jours aux Seychelles.

— Enchantée, moi c'est Malika. Est-ce que vous appréciez votre Noël aux Seychelles ? Après tout, il n'y a rien de mieux que les fêtes de fin d'année sous les tropiques. Nous avons le soleil et les plus belles plages du monde, que demander de plus ?

De la neige, des rennes, des balades en raquettes, le village du père Noël, quelques babioles, quoi… Mais en cet instant, Malika a raison, je n'ai envie de rien de plus. Et j'en suis la première surprise.

— Tu soignes des petits ? demande Sophia.

— Oui, plusieurs œufs ont éclos ces dernières semaines.

Dans l'enclos, une demi-douzaine de tortues sont regroupées dans un coin.

— Nous les nourrissons, vérifions qu'elles sont en parfaite santé, les identifions avec des puces, puis quand tout va bien, nous les remettons en liberté, m'explique Malika. L'une d'entre elles n'était pas très vigoureuse, ça nous a un peu inquiétés, mais tout est rentré dans l'ordre, ajoute-t-elle, les yeux débordants d'amour pour ses protégés.

— Est-ce que je t'ai dit qu'il y a sur cette île une tortue qui s'appelle comme moi ? lance Sophia. C'est l'une de mes plus grandes fiertés ! Si je n'ai jamais d'enfant, j'aurai au moins la consolation d'avoir une tortue qui porte mon nom.

— Est-ce que vous voulez donner votre prénom à l'un d'entre eux ? me propose aussitôt Malika en me montrant les bébés dans l'enclos.

— Comment ça ? C'est possible ?

— Habituellement nous leur attribuons des numéros, mais il arrive que l'on fasse des exceptions, me répond Malika, avec un clin d'œil à l'adresse de Sophia. Alors, si cela vous dit d'avoir une petite Maggie qui arpente les sentiers des Seychelles, ce sera avec plaisir.

— Mais oui, bien sûr que ça me ferait plaisir ! m'enthousiasmé-je.

Les larmes me montent aux yeux et je me précipite sur Malika pour la serrer dans mes bras.

— Merci beaucoup pour ce cadeau, il rend ce Noël encore plus inoubliable, et croyez-moi il l'était déjà par bien des aspects.

Je me retourne vers l'enclos et m'agenouille. L'une des tortues, espérant sans doute un peu de nourriture, relève sa tête et avance vers moi.

— Alors, petite Maggie, tu as faim ?

Je sors mon téléphone de ma poche et prends plusieurs photos de ma tortue, la plus belle de l'île, en toute objectivité.

Margot

Je ne parviens toujours pas à me réchauffer après ma seconde douche brûlante. Quand je ferme les yeux, je sens aussitôt la sensation de la neige sur mes cuisses et frissonne. Je boirais bien quelques verres de glöggy.

Il n'est pas loin de 19 heures lorsque des coups timides sont frappés à la porte de ma chambre.

— Salut, Tanya ! dis-je avec entrain comme si nous ne venions pas de vivre toutes les deux une expérience de mort imminente typique finlandaise. Tu viens pour la crème de La Prairie ? Entre.

— Mon père m'attend au restaurant, je ne peux pas rester longtemps.

— Bien sûr, je comprends. Vas-y, assieds-toi sur le lit, je vais te chercher ce que j'ai.

Dans la salle de bains, je fais mine de farfouiller dans ma trousse alors que j'avais déjà tout préparé. Au moins, l'expérience traumatique de l'après-midi n'a pas grillé tous mes neurones, ni le souvenir de ma conversation avec Tanya et son père lors du déjeuner.

— Voilà une petite partie de la gamme, annoncé-je en déposant sur le lit une dizaine de produits. Crème de jour, lotion nettoyante, sérum pour le contour des yeux…

Tanya passe délicatement ses doigts sur le couvercle de la crème Orchidée comme s'il s'agissait d'une œuvre d'art précieuse.

— Pourquoi est-ce que vous êtes gentille avec moi, comme ça ? me demande-t-elle soudain. C'est mon père que vous cherchez à séduire ? Si c'est le cas, je vous arrête tout de suite, il n'est pas intéressé. Ma mère vient tout juste de mourir.

Je m'étrangle avec ma salive, avant de réussir à répliquer, un peu vexée :

— Mais non, enfin ! Je ne cherche pas du tout à séduire ton père ! Pour qui me prends-tu ?

— En général, c'est comme ça que ça se passe dans les films, non ? La femme essaie de se mettre l'ado dans la poche pour se rapprocher de la proie paternelle.

— Alors, de une, on n'est pas dans un film, et de deux, je ne suis pas une prédatrice. Si tu veux tout savoir, je suis divorcée depuis moins d'un an et l'échec de ce mariage a été particulièrement douloureux pour moi. Je ne suis pas en quête de mon âme sœur, ni du grand amour – si tant est qu'il existe. Et je suis désolée pour ta mère. J'ai toujours la mienne, je ne peux imaginer combien ça doit être douloureux pour toi.

— Pardon, je pensais que… Je suis désolée, s'excuse-t-elle en rentrant la tête dans ses épaules. Mais alors, pourquoi est-ce que vous vous intéressez à moi ?

— Parce que j'ai envie de prouver que je peux faire aussi bien que Maggie, je me surprends à rétorquer du tac au tac.

— Maggie ?

— Oublie ce que je viens de dire, c'était… Enfin, je n'aurais pas dû… Je voulais juste essayer de te remonter le moral.

— Mon père passe son temps à essayer de me remonter le moral. Le monde entier passe son temps à essayer de me remonter le moral… Je n'ai pas besoin qu'on essaie de me remonter le moral ! psalmodie-t-elle.

— Je peux te poser une question ? Tout à l'heure, quand nous étions dans la neige, tu… tu riais. C'était si spontané… Et puis quand tu t'es aperçue que je te regardais, tu t'es arrêtée net. Pourquoi ?

Elle lève les yeux vers moi et avant qu'ils ne s'assombrissent, j'ai le temps de lire dans son regard toute la peine et la détresse de cette enfant qui vient de perdre sa mère.

— Je ne veux pas rire. Je ne veux pas être heureuse.

— Tu en as le droit, tu sais, ta mère…

— Ne parlez pas d'elle. Vous ne savez rien. Quand je ris, c'est comme si j'oubliais et quand je m'arrête, je me souviens. Qu'elle est morte. Que je ne la verrai plus jamais. Et ça fait trop mal. Quand je ne ris pas, je n'oublie pas. Est-ce que je peux y aller maintenant ? me demande-t-elle brusquement en attrapant les crèmes et échantillons étalés sur le lit.

— Oui, bien sûr, lui dis-je sans trop savoir quoi répondre à ça.

Elle ne s'attarde pas et quitte la chambre les bras chargés de produits cosmétiques.

Que lui aurais-tu dit, Maggie, à ma place ?

Maggie

Il commence à se faire tard lorsque nous arrivons chez Sophia pour le dîner. Je suis un peu gênée, mais elle m'indique qu'elle a prévenu sa mère et que ça ne pose aucun problème. Sa maison, une grande demeure de style colonial est sobrement meublée, mais avec goût. Et, surtout, elle est joliment décorée de plusieurs guirlandes lumineuses et un sapin de Noël a même été installé dans le hall d'entrée.

— *Bonswar !* nous accueille une femme que je devine être la mère de Sophia.

Avenante, elle s'approche de moi et me colle une bise sonore sur chaque joue.

— Maman, je te présente Maggie.

— Bonsoir, madame.

— Appelez-moi Firmine, me dit-elle aussitôt, abandonnant le créole seychellois pour le français. Ma fille a-t-elle été un bon guide touristique pour vous ?

— La meilleure, je réponds en toute sincérité.

— Nous revenons de Laraie Bay.

— Comment va Malika ? J'espère que tu as pensé à prendre des nouvelles de son papa au moins ?

— Oui, maman, ne t'inquiète pas, tu m'as bien élevée. Son père se remet de sa chute et va pouvoir remarcher.

— *Mwan kontan !* Je m'en réjouis, traduit-elle à mon intention. Fais-moi penser à leur apporter un gâteau de patate douce demain, j'en ai quatre au frais.

— Bonsoir, nous salue le beau skipper aux yeux bleus en nous rejoignant dans l'entrée.

— Maggie, tu connais déjà mon frère, Keanu. Keanu, tu te souviens de Maggie ?

— Comment va votre jambe ? me demande Keanu tout en s'inclinant de manière désuète pour déposer un baiser sur ma main.

— Oh, ma jambe, merci, ça va beaucoup mieux, je bredouille.

— Remballe ta drague, le rabroue affectueusement Sophia. Maggie ne tombera pas dans tes filets.

Keanu m'adresse un sourire éblouissant, je me sens ramollir. Certainement un effet conjugué des cocos d'amour et des tortues…

— Allons-nous asseoir, la chauve-souris n'attend pas ! J'ai préparé un bon repas en l'honneur de ton amie, ma fille, annonce Firmine.

Est-ce que j'ai bien entendu « chauve-souris » ? Non, c'est forcément mon audition qui me joue des tours, encore un peu perturbée par les vibrations de l'hydravion.

* * *

— Cari de Roussette ! annonce Firmine, quelques minutes plus tard, alors qu'elle dépose devant moi une assiette contenant une sorte de ragoût en sauce accompagné, comme la plupart des plats aux Seychelles, de riz blanc. La roussette, c'est la chauve-souris de chez nous. Vous m'en direz des nouvelles !

J'avais donc bien entendu « chauve-souris »… comme dans mammifère volant aux yeux rouges ou dans animal buvant du sang frais. Firmine sert Sophia et Keanu, qui semblent avoir l'eau à la bouche.

— Est-ce que tu as montré à Maggie nos coco-fesses ? demande-t-elle à Sophia en même temps qu'elle s'attaque à son assiette avec appétit.

Si je ne mange pas, ce sera très impoli. Firmine s'est sans doute donné du mal pour cuisiner ce repas pour moi. Je n'ai qu'à me dire que c'est, disons, du pigeon ? Oh non, pas du pigeon, qui mangerait du pigeon ? Non, c'est du poulet, voilà, du poulet. Un poulet en sauce, on ne peut plus banal.

Je détache un minuscule bout de viande, que j'ensevelis sous une montagne de riz, puis je mets le tout dans ma bouche, en espérant réussir à avaler. C'est... tendre. Le goût se rapproche effectivement de celui du poulet... mélangé à celui du lapin. Mieux vaut ne pas trop se poser de questions.

En face de moi, Keanu ne me quitte pas des yeux. Il semblerait qu'il n'ait pas le moins du monde renoncé à lancer ses filets...

— Tu as pris un coup de soleil, Maggie, je crois, tu as les joues toutes rouges, me dit Sophia.

... et que je ne détesterais pas m'y faire prendre.

* * *

La nuit est bien avancée lorsque Keanu me dépose devant mon hôtel. Le repas s'est éternisé au-delà d'une heure décente pour laisser une femme rentrer seule, a décrété Firmine. Pas question non plus que Sophia me raccompagne sans personne pour l'escorter au retour. Elle a donc demandé à son fils de jouer les chaperons, qui s'est empressé d'accepter.

— Je ne te l'ai pas encore dit, mais merci de m'avoir donné les coordonnées de ta sœur. J'ai fait la connaissance d'une femme merveilleuse et passé une journée incroyable. J'avais peur de me morfondre tout au long de mon séjour, c'est vraiment une belle surprise.

— C'est toi, la belle surprise, me susurre-t-il les yeux rivés aux miens.

— Tu dois dire ça à toutes les filles que tu croises, je réussis à balbutier.

Il reste silencieux. Même si c'est peut-être vrai, je lis dans son regard qu'à ce moment-ci, ces mots sont pour moi et rien que pour moi. Je frissonne. Et ce n'est pas dû à la fraîcheur.

Quand il s'approche et pose ses lèvres sur les miennes, je réponds à son baiser avec une ardeur que je ne me connaissais pas. Et pour la première fois, je ne réfléchis pas. Je ne me demande pas s'il s'entendra avec Margot, si je peux lui faire confiance, ni s'il fera un bon père. Il n'y a pas d'enjeu, il n'y aura pas de promesse. Juste un homme et une femme qui se plaisent et s'embrassent, éclairés par une lune seychelloise.

Margot et Maggie – WhatsApp

J'ai vu des tortues géantes !

J'ai vu des rennes !

C'est vrai ? Et alors,
comment c'était ?

C'est vrai ? Et alors,
comment c'était ?

C'était juste incroyable !

C'était juste incroyable !

Attends deux secondes avant de me répondre,
on ne va pas s'en sortir sinon hahaha
Tu te souviens quand on répétait
tout ce que disait maman pendant des heures ?
Ça la rendait dingue !

Tu parles si je m'en souviens,
j'ai inventé ce jeu.
Tu as vraiment vu des tortues ?

Oui. Je crois que c'est l'expérience
la plus émouvante de ma vie.
Et toi, les rennes ?

Ils étaient mignons c'est sûr,
mais nettement moins saisissants
qu'une séance de roulade nue
dans la neige…

Maggie

Je ne sais pas pourquoi je ne lui ai pas parlé de Keanu, ni du baiser. Habituellement, je lui dis tout. Mais pas cette fois. Parce que je ne sais pas trop quoi en penser moi-même. Si ce n'est que j'ai envie de recommencer.

24 DÉCEMBRE

Margot

C'est l'effervescence parmi les clients de l'hôtel. Aujourd'hui, c'est le grand jour, le point d'orgue du voyage, la pépite de chocolat sur le cookie : la rencontre avec le père Noël. 24 décembre oblige, les activités seront placées sous le signe du vieux bonhomme à barbe blanche en costume rouge. Visite du Santa Claus Village puis du Santa Park, voilà qui promet une belle overdose de Noël. Mais ce n'est pas ce qui me préoccupe. Je ne cesse de penser aux paroles de Tanya, à ce mal-être qu'elle essaie d'entretenir, à la joie qu'elle tient à distance pour que l'absence lui paraisse moins insupportable.

Un bus a été affrété pour emmener tout le monde à bon port. Les enfants sont surexcités à l'idée de rencontrer celui qu'ils attendent chaque année avec autant d'impatience que d'inquiétude – ont-ils été assez sages pour recevoir des cadeaux ? Même parmi ceux qui n'y croient plus, l'enthousiasme est palpable. On ne doit pas être loin de la fameuse magie de Noël.

Petites, Maggie et moi élaborions des stratagèmes pour essayer de l'apercevoir. Une fois, nous nous étions mis en tête de boire des litres de café pour nous maintenir éveillées jusqu'à minuit. Nous en avions siroté en douce toute la journée. Non seulement ça n'avait pas fonctionné – nous nous étions lamentablement endormies à 22 heures – mais ça nous avait rendues malades. C'est lors d'un énième passage aux toilettes en catastrophe que j'avais entendu les bruits étouffés de nos parents déposant les cadeaux sous le sapin. À cette époque, je commençais déjà à me dire que c'était bizarre, cette histoire, qu'il n'était pas possible pour un seul homme de passer dans chaque maison du monde en une seule nuit. Je me souviens d'avoir ressenti un mélange de déception mais aussi de fierté de devenir grande, de faire partie du groupe de ceux qui savaient. Je n'avais rien dit à Maggie, c'était mon devoir d'aînée de douze minutes de la préserver de la vérité. Jusqu'au jour où elle serait prête à l'entendre. Ça avait pris trois Noëls de plus pour elle. J'avais joué le jeu de la surprise pour qu'elle se sente moins seule. Maintenant que j'y pense, je crois que je ne lui ai jamais avoué que j'avais découvert le pot aux roses bien avant elle.

Nous nous garons sur un parking, à proximité des fameux pylônes qui délimitent le cercle polaire. Il fait encore (et toujours) nuit – le site est éclairé grâce à une multitude de guirlandes lumineuses. On se croirait dans l'un de ces décors miniatures que l'on peut voir dans les jardineries en décembre. C'est assez étrange mais très féerique, je dois bien le reconnaître.

Se dresse devant nous une immense maison en bois, flanquée de deux énormes sapins richement décorés. Les enfants, le nez en l'air, poussent des cris de stupéfaction et de joie. Un bonhomme de neige artificiel presque aussi grand que les arbres complète le décor. C'est sûr qu'une maison telle que celle-ci, construite sur une plage de sable fin et réchauffée par les rayons du soleil des Seychelles, ça fonctionnerait beaucoup moins. La neige qui crisse sous nos pas ajoute à l'authenticité.

Nous grimpons les quelques marches qui nous séparent de l'entrée, et lorsque les portes vitrées s'entrouvrent, je ne peux à mon tour retenir mon émerveillement. L'intérieur est bien plus vaste qu'il n'y paraît de l'extérieur. De petites échoppes proposant des décorations, costumes de Noël, friandises et autres boissons chaudes, sont réparties le long d'une allée centrale qui grouille de monde. Touristes et lutins, les bras ensevelis par des lettres et des paquets cadeaux, se croisent. La mise en scène est parfaitement réussie. Ça sent bon la cannelle, l'orange et les marrons chauds. Partout où mes yeux se posent, il y a des décorations, des nœuds en satin, des sucres d'orge, des pommes de pin, des petits anges en céramique. J'ai un pincement au cœur en pensant à ma sœur qui aurait dû vivre ce moment à ma place. Elle aurait adoré. Heureusement que je suis partie avec une valise quasi vide, je vais pouvoir la remplir de tout un tas de souvenirs de cet endroit incroyable, une manière de lui rapporter un peu de son rêve lapon.

Je prends le temps de rentrer dans chaque petite boutique, et de choisir des objets qui feront plaisir à Maggie : des bougies parfumées, des boules de Noël, un service à chocolat chaud entièrement décoré à la main que l'on m'emballe avec soin ainsi qu'un plaid doux et épais, d'un rouge profond, que je fais broder à ses initiales. Je craque aussi sur quelques bricoles pour moi, dont un bracelet doré avec une pampille en forme de flocon de neige. Histoire de ne pas oublier Freija et son sauna à la finlandaise.

Après deux bonnes heures de shopping, chargés de sacs en papier à l'effigie de l'hôte du lieu, nous sommes appelés par le guide pour enfin faire sa connaissance. Le bureau du père Noël se trouve à l'étage de la maison, au bout d'un couloir aux murs tapissés de photos encadrées le représentant sous toutes les coutures.

Nous attendons notre tour en file indienne, et j'aperçois devant moi Tanya et son père, que je rejoins.

— Bonjour, lancé-je. Bien dormi ?

— Hin, me répond la jeune fille, qui a retrouvé son langage habituel.

— Très bien, enchaîne Alexandre. Encore merci pour les produits de beauté que vous avez offerts à ma fille, ça lui a fait sa soirée.

— De rien, ce n'était pas grand-chose.

— Au contraire ! Et d'ailleurs, pour vous remercier, j'aimerais vous offrir quelque chose, moi aussi. Qu'est-ce qui vous ferait plaisir ?

— Mais non, ce n'est pas nécessaire, je vous assure.

— Je peux au moins vous proposer quelque chose à boire, alors ? S'il vous plaît, insiste-t-il.

— D'accord, dans ce cas, je veux bien un moccachino.

— Un moccachino, ça marche. Et toi, ma puce, je te prends un *latte* ?

— Hin, rétorque Tanya, ce qui ne semble pas déstabiliser son père.

— Je reviens vite, nous promet-il avant de tourner les talons.

Nous continuons à faire la queue sans un mot, pendant des secondes qui me paraissent interminables. Et comme le silence m'a toujours mise mal à l'aise, je ne peux pas m'empêcher de le rompre…

— Tu n'es pas un peu vieille pour t'asseoir sur les genoux du père Noël ?

… même si c'est pour dire n'importe quoi.

— C'est mon père qui y tient absolument, me rétorque Tanya.

À quelques mètres de nous, la porte du bureau laisse sortir une mère avec ses deux enfants visiblement terrorisés et en pleurs.

— Je me suis toujours demandé quelle mouche avait piqué le DRH qui a recruté le tout premier père Noël. Parce que, pour émerveiller les enfants, un géant avec un gros bide et une énorme barbe blanche, on a fait mieux niveau casting.

Tanya éclate de rire. Craignant qu'elle ne se referme, j'enchaîne aussitôt.

— Je suis sérieuse, comment ne s'est-il pas rendu compte que ce gars allait foutre les jetons aux gamins ? « Hey Georges, je dois embaucher un type pour une animation autour de Noël qui devra distribuer les cadeaux aux gosses et qu'on appellera le père Noël. J'ai recruté Bobby, tu sais cette baraque de deux mètres qui pèse cent kilos ! Il va faire un tabac avec les mômes, tu vas voir. » Tabac, tu parles ! Des générations d'enfants traumatisés d'avoir dû s'asseoir, dans des centres commerciaux bondés, sur les genoux d'un homme avec une barbe synthétique sécrétant une odeur bizarre.

Et ça marche, Tanya est pliée en deux. Cela fait même poindre quelques larmes au coin de ses yeux. Une douce chaleur se répand à l'intérieur de moi, je me sens comme Yoda qui vient de réussir à retirer le vaisseau de Luke Skywalker du fond d'un lac boueux.

Enfin quelqu'un qui contredit cette idée reçue que les personnes qui travaillent aux ressources humaines n'ont aucun humour. Nous sommes très drôles ! Exceptée Julie et ses vacances à Trou-sur-Mer, bien entendu. Mais elle vient de la compta, c'est pour ça. Tout le monde sait que les gens qui bossent à la compta sont à part.

Lorsque Alexandre nous rejoint avec les boissons chaudes, les joues de Tanya sont encore roses du fou rire qu'elle vient d'avoir. Ses yeux se posent sur sa fille, et je devine au léger tremblement de ses mains l'émotion qui l'étreint. Puis il tourne la tête vers moi et me remercie silencieusement.

Perdus dans nos pensées, nous buvons nos boissons jusqu'à ce que mon tour arrive. Un lutin me fait signe d'entrer dans le bureau et de prendre place sur le banc recouvert de velours rouge qui se trouve à côté de l'immense fauteuil où est assis un père Noël pour le moins impressionnant. Tu m'étonnes que les gamins de tout à l'heure soient sortis en larmes. Le type doit frôler le mètre quatre-vingt-dix avec une carrure de rugbyman. Mais le pire, c'est son costume volumineux et ses bottes qui ne laisseraient pas la moindre chance aux orteils qui s'aviseraient de traîner à proximité. Je sens les miens se recroqueviller de terreur à l'intérieur de mes chaussures.

Intimidée, je le salue avant d'aller m'asseoir, rassurée que ce soit sur un banc plutôt que sur ses genoux.

Durant notre attente dans le couloir, j'ai eu tout le loisir de lire les affiches sur les murs, indiquant le nombre de langues parlées par le vieil homme, dont le français.

— Bonjour, comment t'appelles-tu ? me demande-t-il d'une voix caverneuse que je soupçonne d'être amplifiée par un micro.

— Margot.

— Est-ce que tu as été sage cette année, Margot ?

Je suis sur le point de pouffer mais mon regard se pose sur les bottes, et je me retiens.

— Oui, très sage, père Noël. J'ai bien mangé tous mes petits pois et mes épinards.

— Je suis très fier de toi, Margot, poursuit-il, très professionnel. Quel cadeau as-tu envie que je t'apporte cette année ?

La Barbie chevelure des mers. Je rêvais de cette poupée à la très longue chevelure blonde lorsque j'étais petite. Je ne sais pas vraiment pourquoi, puisque, immanquablement, celles que je recevais finissaient avec une coupe au carré. Mais je décide de répondre sérieusement à la question posée.

— Ce qui me ferait plaisir, c'est que tu aides une adolescente, Tanya. Elle s'oblige à tenir la joie à distance, depuis qu'elle a perdu sa mère il y a un an. Cette période de l'année n'est pas facile pour elle.

Je ne suis pas certaine que le colosse en costume rouge ait tout compris, en revanche, il a sûrement deviné qu'il allait avoir du mal à l'emballer dans un paquet-cadeau.

— Je vais faire de mon mieux, Margot, dit-il, imperturbable. Et je te souhaite un très joyeux Noël, ho ho ho !

— Joyeux Noël à vous aussi… père Noël.

Jamais je n'aurais cru qu'une telle phrase sortirait un jour de ma bouche. Un lutin me fait signe de me lever. Il est temps de laisser la place au suivant. Juste avant de partir, je lui demande si je peux prendre une photo et sors mon téléphone. Il me fait non de la tête et me montre l'affiche avec les tarifs. Je m'étouffe à la vue des prix, décline la proposition et range mon téléphone.

Maggie et moi avons essayé de l'attraper pendant des années, je me fais la promesse de revenir ici, avec elle.

* * *

La visite se poursuit avec le bureau de poste du père Noël[1], aux murs entièrement tapissés d'étagères en bois, recouvertes de lettres. On peut acheter des cartes postales, des enveloppes, du papier et des timbres à l'effigie du lieu. Au milieu, se trouvent deux grosses boîtes aux lettres : une jaune pour les envois de courrier immédiats avec le sceau du cercle polaire, et une rouge dans laquelle il est possible de glisser une missive que les elfes posteront pour le Noël prochain. J'adore cette idée, et je m'empresse d'acheter

---

1. Adresse du père Noël : Père Noël – Bureau de poste principal du père Noël – FI-96930 Cercle polaire.

une carte pour Maggie. Je suis même à deux doigts de m'en prendre une.

Je sors quelques instants du bureau de poste pour écrire ma lettre au calme. À travers les vitres, j'aperçois Alexandre essayant désespérément d'intéresser sa fille, apparemment sans grand succès. Alors que je l'observe faire tourner les présentoirs de papeterie, il me vient une idée.

Je me dépêche de cacheter l'enveloppe à l'adresse de ma sœur, puis je retourne à l'intérieur.

— Vous vous êtes laissé tenter par l'envoi d'une carte ? me demande Alexandre, lorsqu'il me voit me diriger vers la boîte aux lettres rouge.

— Ma sœur va adorer la recevoir dans un an. Le plus dur va être de réussir à tenir ma langue d'ici là pour ne pas gâcher la surprise. C'est pour ça que j'évite d'acheter mes cadeaux trop à l'avance, je suis incapable de ne pas les offrir et je suis bonne pour en racheter.

— Nous aussi, on pourrait en envoyer, non ? propose Alexandre à Tanya. Mamyna nous tanne chaque été pour recevoir une carte pendant nos vacances, je suis certain que ça lui fera plaisir. Que penses-tu de celle-ci, avec ses petites clochettes en relief ? demande-t-il à sa fille.

— Hin…

Alexandre prend ça pour un oui et se dirige vers l'une des caisses. Je saute sur l'occasion pour parler à l'adolescente.

— Je tiens un journal intime depuis des années.

Tanya lève les yeux vers moi ; je sens bien qu'elle se demande en quoi cette information représente un quelconque intérêt pour elle.

— Quand j'avais ton âge, j'ai découvert la série *Dawson*. Depuis, j'ai remplacé mon « Cher journal », par « Chère Joey ». Je ne saurais pas vraiment expliquer pourquoi. En tout cas, il y a quelque chose de plus réconfortant à écrire à quelqu'un, fût-il un personnage de fiction.

Tanya se dandine d'un pied sur l'autre.

— Tu devrais lui écrire…

— À qui ?

— À ta mère, je lui réponds avec une légère hésitation. Peut-être que cela te ferait du bien. Peut-être qu'elle te semblerait ainsi plus présente.

— N'importe quoi, grommelle-t-elle, sans pour autant tourner les talons.

— J'ai beaucoup repensé à ce que tu m'as dit hier soir, tu sais, au fait de ne pas vouloir rire parce que le retour à la réalité, quand tu t'arrêtes, est trop dur. Si tu lui faisais une place dans ton quotidien, une place autre que le souvenir de son absence… Si tu t'adressais à elle dans un journal, tu n'aurais pas à t'empêcher de rire, parce que tu pourrais lui raconter ensuite.

— Vous aussi vous allez me dire qu'elle ne voudrait pas me voir malheureuse, me lance-t-elle sur le ton du défi.

— C'est ce que j'ai failli dire hier, oui. Mais… surtout, elle n'aimerait pas que penser à elle te soit douloureux.

— Franchement, je ne vois pas la différence.

— Je crois qu'il y en a une pourtant. Être heureuse, c'est sûrement un peu trop te demander là, tout de suite. Je vais me sentir très vieille en te disant ça, mais le temps fera son office. Par contre, l'urgence, c'est d'adoucir la douleur, le manque. Rendre la vie supportable à défaut de mieux.

— Et comment ça pourrait m'aider de penser à elle tous les jours en lui écrivant, hein ? Ça me fait trop mal, et vous savez pourquoi ? Parce qu'elle ne reviendra pas, elle est morte, morte !

J'étouffe son cri en l'entourant de mes bras. Bravo, Margot, pour lui avoir soumis ta proposition au beau milieu du bureau du père Noël. Brillante idée. Je m'attends à ce que Tanya me repousse pour rejoindre son père, mais elle n'en fait rien. Au lieu de ça, son corps s'appuie contre le mien petit à petit, et elle se met à sangloter. Je ne dis rien, je lui caresse juste les cheveux en essayant de contenir mes propres larmes.

— Joey, elle ne vous répond jamais ? me demande-t-elle enfin d'une voix encore chevrotante au bout de minutes qui me paraissent interminables.

— Non. Mais je m'imagine qu'elle le fait. J'entends sa voix quand je lui écris, enfin, celle de sa doublure française, évidemment. J'imagine ses mimiques : dans la série, elle faisait toujours des sortes de grimaces avec sa bouche. C'est sans doute pour ça que j'ai pris quelqu'un dont je pouvais me représenter le visage plutôt qu'une amie imaginaire.

Tanya n'ajoute rien. Son souffle redevenu régulier, elle s'écarte de moi. Je ne sais pas si je l'ai convaincue, mais j'ai planté une graine quelque part dans son esprit. J'espère qu'elle la laissera germer un peu et l'arrosera un jour. Du coin de l'œil, j'aperçois son père qui est resté en retrait. Ça doit faire une éternité qu'il est passé à la caisse pour sa carte postale, mais il n'est pas intervenu. Même s'il n'est pas tombé sur la bonne jumelle, il a trouvé une épaule supplémentaire pour sa fille. Je le rassure d'un signe de tête et je devine qu'il n'attendait que ça pour laisser rentrer de l'air dans ses poumons. Comment être un soutien quand on est soi-même en deuil ?

— Et sinon, est-ce que tu as vu la taille des bottes du père Noël ? je lance, histoire de faire redescendre la pression. Ça doit envoyer du lourd quand il appuie sur l'accélérateur du traîneau !

Tanya me sourit, c'est fugace, mais ça me suffit. Elle rejoint son père.

Est-ce que son pas semble plus léger ? Je me fais sûrement des idées, mais je choisis d'y croire. Après tout, le père Noël exauce tous les souhaits, non ? C'est ce que Maggie dit toujours en tout cas.

Maggie

Je suis réveillée par la chaleur des rayons du soleil qui frappent sur ma fenêtre. Perturbée par mon baiser avec Keanu, je me suis couchée sans penser à tirer les rideaux. Je m'étire comme un chat dans mon lit et attrape mon téléphone pour découvrir qu'il est à peine 7 heures et que j'en ai encore trois devant moi avant mon rendez-vous avec Sophia.

Je m'arrête sur la date du jour. Nous sommes le 24 décembre. Ce soir, c'est le réveillon de Noël. Non pas que j'aie oublié – quand on est comme moi et qu'on attend cette journée pendant des semaines, impossible de l'oublier. Pourtant, c'est comme si mon cerveau l'avait mise en arrière-plan. En arrivant ici, j'étais persuadée que ce serait difficile de faire face au 24 décembre, qu'être seule et pas à l'endroit espéré m'empêcherait même de me lever. Il n'en est rien. J'ai hâte de quitter l'hôtel et de retrouver Sophia.

En temps normal, à cette heure-ci je serais fébrile, à vérifier que tous les cadeaux sont prêts et emballés, et stressée à l'idée de rater la cuisson de mes sablés à la cannelle, les seuls biscuits dont je maîtrise en principe la recette. J'aime tant Noël que j'ai envie que tout soit parfait, exactement comme je l'ai imaginé, au point que je n'arrive pas toujours à en profiter.

Mais aujourd'hui, je me sens détendue et curieuse de découvrir ce que m'a réservé Sophia. De nouveau, elle n'a rien voulu me dire. Elle va finir par avoir raison, je ne vais plus vouloir fêter Noël ailleurs qu'aux Seychelles… Non, impossible.

* * *

Il est pile 10 heures lorsque j'arrive à l'adresse indiquée par Sophia. Une immense bâtisse de trois étages, entourée d'arbres. Une plaque en cuivre fixée sur la grille d'entrée m'apprend qu'il s'agit en fait d'un orphelinat. Peut-être que j'ai mal compris ce qu'elle m'a dit hier, pourquoi voudrait-elle me faire venir ici ?

— Maggie ! Est-ce que tu peux m'aider ? je l'entends m'interpeller dans mon dos.

Elle est à demi cachée par un immense carton qui semble lui glisser des mains à chaque pas. Je me précipite pour l'aider.

— Merci, me dit-elle alors que nous déposons l'imposant colis au pied de la grille. Ça va, tu n'as pas eu de mal à trouver ?

— Non, mais… je me demandais justement si je n'avais pas fait erreur. Un orphelinat ?

— Tu es bien au bon endroit ! Je t'ai dit que j'allais te faire découvrir nos traditions de Noël, et c'en est une. Hier, nous avons joué les touristes, mais aujourd'hui, nous entrons dans le vif du sujet. Noël est une fête de partage, poursuit-elle devant mon air perplexe, les Seychellois aiment offrir des cadeaux à leur famille, leurs amis, mais aussi à ceux qui sont plus démunis. J'appartiens à une association qui distribue des cadeaux aux enfants de l'orphelinat

Sainte-Lucie. Je leur apporte les derniers ce matin. Je me suis dit que tu pourrais faire leur connaissance. Ils préparent un spectacle de Noël auquel ma famille et moi assistons chaque année. Tu es invitée bien sûr ! J'imagine que tu n'as rien contre les enfants, me lance-t-elle avec le sourire.

— J'adore les enfants. Et je les aime encore plus lorsqu'ils ne se mettent pas à pleurer en me voyant.

Elle sonne et après quelques minutes d'attente, une jeune femme vêtue d'une robe chasuble bleu ciel et d'un voile blanc vient nous ouvrir.

— Bonjour, sœur Camélia, voici les derniers paquets.

— Entrez, entrez, les enfants sont tous dans la grande salle en train de répéter pour ce soir. Vous devriez pouvoir déposer tout ça dans l'arrière-cuisine sans être repérées.

Nous nous baissons pour soulever le carton et suivons sœur Camélia en essayant de nous faire les plus discrètes possible, ce qui n'est pas facile compte tenu du volume à transporter. À peine sommes-nous à l'intérieur du bâtiment que j'entends résonner des notes de musique et des chants. Je reconnais l'un de mes airs préférés, « Feliz Navidad », et ne peux m'empêcher de me mettre à le fredonner.

— Chut, m'intime gentiment Sophia, tu vas nous faire remarquer.

— Ce n'est pas ma faute, c'est cette chanson, je l'adore !

Une fois dans l'arrière-cuisine, nous déposons notre chargement qui vient rejoindre plusieurs autres cartons.

— Les cadeaux seront installés sous le sapin pendant la représentation de ce soir, puis distribués juste après. Ce ne sont que des petites choses, pourtant, chaque année, les cris de joie me regonflent pour plusieurs semaines. Au fait, sœur Camélia, je ne vous ai pas présenté mon amie Maggie. C'est une pédiatre française, en vacances aux Seychelles pour quelques jours.

— Bienvenue à Sainte-Lucie, me dit la religieuse. C'est la première fois que vous venez aux Seychelles ?

— Oui. J'avais à l'esprit les belles plages, mais j'étais loin de me représenter toutes vos autres richesses. Hier, Sophia m'a emmenée voir des tortues et c'était incroyable de les côtoyer d'aussi près.

— Effectivement, c'est un peu le paradis des tortues ici, nous sommes très attentifs à leur bien-être et à leur protection. Oh, mais j'y pense, est-ce que vous accepteriez d'échanger avec les enfants à propos de votre métier de pédiatre ? Même s'ils ne le parlent pas encore forcément très bien, on leur enseigne le français, ce serait aussi une occasion pour eux de s'exercer.

— Ah ! mais oui, bonne idée ! s'exclame Sophia. Ils me demandent toujours de leur raconter mes histoires de médecin qui soigne des blessures de crabe. Ça les fascine, apparemment. Et puis, on a le temps avant notre excursion de cet après-midi.

— Dans ce cas, avec plaisir. Et au fait, on va où cet après-midi ?

— Bien essayé, mais je ne te dirai rien, me rétorque Sophia.

* * *

Une vingtaine d'enfants, âgés de cinq à quinze ans, à vue de nez, sont assis devant moi, le dos bien droit sur leur chaise. J'ai rarement été aussi intimidée de ma vie. Quand ils ont vu Sophia entrer dans la grande salle, plusieurs se sont jetés dans ses bras, l'assaillant de phrases en créole que je n'ai pas comprises. Une petite fille aux longs cheveux noirs et aux grands yeux bleus, prénommée Titia, s'est pendue à son cou pendant de longues minutes. Elle a été abandonnée devant la porte de l'orphelinat lorsqu'elle n'était qu'un bébé, m'a appris sœur Camélia pendant que nous installions les chaises. Un lien très fort s'est créé entre elle et Sophia, si bien que la petite s'est même mise à l'appeler « Maman Sophia ». J'ai beaucoup de peine pour elle et pour son ou ses parents biologiques. Il faut être dans une situation de détresse absolue pour être amené à prendre cette terrible décision.

— Allez-y, les enfants, vous pouvez poser à Maggie toutes les questions que vous voulez, les encourage sœur Camélia. Elle est médecin comme Sophia mais elle ne s'occupe que des enfants. Elle vit en France et est ici pour passer les vacances de Noël.

— Est-ce que tu as déjà vu la neige ? me demande Marcus, un petit garçon à la chevelure bouclée. Est-ce que c'est très froid ?

— J'ai déjà vu la neige. Beaucoup de fois même. Oui, c'est très froid. Il faut des gants pour pouvoir la toucher.

Ils me regardent tous avec de grands yeux ronds. Je sens bien que les gants relèvent pour eux de la science-fiction.

— Est-ce que toi aussi tu fais des piqûres aux enfants ? enchaîne une fillette. Et tu donnes des sucettes ?

— Moi, mes sucettes que j'aime le plus, c'est les sucettes à la fraise ! lance Titia, ce qui nous fait tous rire

— Oui, je fais des piqûres. Mais ce sont des piqûres pour protéger des maladies alors elles sont très importantes. Mais non, je ne donne pas de sucettes, parce que les enfants à qui je fais des piqûres sont des bébés le plus souvent.

— Est-ce que le père Noël il vient aussi te voir en France ? reprend Marcus.

— Bien sûr, grâce à son traîneau et à ses rennes qui volent très vite, il peut aller partout dans le monde et…

— Tu l'as déjà vu, toi, le père Noël ? me coupe Titia.

— Hélas, non. Mais avec ma sœur, quand on était petites, on se cachait pour essayer de le voir. On n'a jamais réussi.

— Comment elle s'appelle, ta sœur ? Elle est pas en vacances avec toi ? me bombarde de nouveau Marcus.

— Elle s'appelle Margot, c'est ma sœur jumelle. Non, elle est en vacances dans un autre pays. Au pays du père Noël, en fait. Peut-être qu'elle le verra enfin pour de vrai.

Des exclamations retentissent dans la salle.

— J'ai demandé une poupée qui fait pipi comme cadeau, m'apprend Titia. Je l'appellerai Maggie ! Tu veux bien ?

Tous se mettent alors à me raconter ce qu'ils ont commandé au père Noël. Quel que soit l'endroit du monde, ce sont toujours les mêmes choses qui font rêver les enfants. Des gros camions, des poupées, des patins à roulettes ou encore une dînette.

Je reste avec eux près d'une demi-heure à répondre à toutes les questions possibles et imaginables. Quand les plus petits commencent à s'agiter sur leur chaise, sœur Camélia tape dans ses mains pour capter l'attention des enfants.

— Il est temps d'aller voir sœur Josie pour essayer vos costumes, leur dit-elle.

Ils se lèvent tous d'un bond et, dans un joyeux brouhaha, se précipitent hors de la pièce. Marcus, le garçon aux mille questions, s'arrête juste avant la porte, et m'envoie un bisou avec sa main, avant de rougir jusqu'aux oreilles et de rejoindre les autres.

Sophia éclate de rire.

— Tu as du succès auprès de la gent masculine des Seychelles, dis-moi.

À mon tour de rougir jusqu'à la racine des cheveux en pensant à Keanu.

— C'est très gentil de vous être prêtée au jeu, me remercie la sœur.

Dans la salle, il ne reste que Titia, de nouveau dans les bras de Sophia.

— Tu reviens bientôt ? lui demande-t-elle en français.

— Ce soir pour le spectacle. Et je ne regarderai que toi, ma poupée.

Le visage de l'enfant s'illumine. Elle lui fait un gros bisou sur la joue, puis se dirige à son tour vers la sortie en lui lançant un joyeux « À tout à l'heure, maman Sophia ».

Sophia reste quelques instants sans bouger, puis se tourne vers moi, les yeux encore brillants de l'émotion qu'elle cherche à contenir :

— Prête pour ton aventure du jour ?

Margot

Le déjeuner se déroule dans une ambiance festive. Un véritable buffet de Noël a été dressé dans le restaurant réservé pour notre groupe. Il y en a pour tous les goûts : de la dinde farcie, du ragoût de renne, du jambon rôti au miel, de la purée de patate douce, des marrons, des choux de Bruxelles d'un très beau vert qui donnerait presque envie d'en manger… Les enfants, galvanisés par leur rencontre avec le père Noël, courent partout.

— Je voulais vous remercier, pour tout à l'heure.

Alexandre m'a rejointe devant le buffet des desserts et commence à remplir son assiette de biscuits et de friandises.

— Je ne sais pas ce que vous lui avez dit, mais Tanya semble moins tendue. Elle s'est même intéressée au programme de l'après-midi.

— C'est une chouette gamine. J'espère sincèrement que ça va aller mieux. On ne devrait pas avoir à affronter un deuil aussi difficile à son âge…

— Sarah… aurait adoré cet endroit, me dit-il les yeux humides. Elle parlait souvent de venir en Laponie, de visiter le village du père Noël. Nous pensions avoir le temps. C'est ce que je trouve le plus injuste. Parce que nous ne savions pas qu'elle tomberait gravement malade, nous n'avons pas profité à fond des années passées ensemble. Si j'avais su qu'elle nous quitterait...

Sa voix se brise.

— Est-ce que vous regrettez toujours votre voyage sous les cocotiers ? reprend-il après quelques instants.

Je vois où sa fille a appris cet art de ravaler ses émotions.

— Non... et j'en suis la première surprise, croyez-moi. Le froid n'est pas mon ami. Mais, je dois bien admettre qu'il y a ici quelque chose d'un peu magique que je ne suis pas près d'oublier.

— Votre mère m'avait vanté les mérites de votre sœur pour me convaincre d'entreprendre ce voyage avec Tanya ; je ne regrette ni d'avoir accepté, ni que vous vous soyez retrouvée ici par erreur.

— Merci, c'est gentil, je lui réponds non sans une pointe d'émotion. De nous deux, Maggie est celle qui sait y faire avec les gens, alors... Ce n'est pas facile de tenir la comparaison.

Quand nous retournons nous asseoir, les assiettes remplies bien au-delà de notre faim, Tanya n'est plus à table. Elle s'est laissé entraîner par un petit garçon et joue au jeu du « le sol c'est de la lave ». Son visage est éclairé par un grand sourire.

— Joyeux Noël, Margot, dit Alexandre en levant vers moi son verre de vin chaud à la cannelle.

* * *

Pour clore la journée, nous nous rendons au Santa Park, un parc d'attractions sous-terrain proche du Santa Claus Village. Pour y accéder, nous empruntons un long tunnel plongé dans la pénombre. Seuls quelques jeux de lumière projetés sur les murs nous permettent d'avancer sans nous casser la figure. C'est assez joli bien qu'un tout petit peu angoissant. Heureusement que je ne suis pas claustrophobe. Au bout, nous débouchons sur un vaste espace circulaire, scintillant aux couleurs de Noël. Est-ce la date du 24 décembre, les remerciements d'Alexandre, l'impression d'avoir su apporter un petit quelque chose à Tanya ? Je ne saurais le dire, pourtant, c'est comme un barrage qui cède. J'ai l'impression d'avoir huit ans, l'émerveillement est total. J'ai envie de pousser des cris de joie, de sauter partout et de profiter à fond de ces quelques heures dans ce monde hors du temps.

L'école des elfes, le petit train du père Noël, la boulangerie de Madame Claus, tout m'enthousiasme. Comme une gosse, je participe à l'ensemble des activités proposées. Je cuisine des biscuits en pain d'épice que je recouvre de glaçage coloré, je fabrique des décorations de Noël en feutrine, j'apprends à écrire les prénoms en calligraphie avec les elfes. Je complète mes cadeaux de Noël pour Maggie en lui achetant une grosse paire de chaussettes en laine, ainsi qu'une combinaison pyjama dans laquelle elle pourra regarder en boucle ses films adorés.

Oui, moi, Margot Carpentier, trente-cinq ans, qui ne rêvait que d'un transat au bord de la mer, je me laisse complètement envahir par la magie du Santa Park.

C'est même en fredonnant un chant de Noël que j'entre dans l'Ice Bar qui, comme son nom l'indique – ils sont forts, ces Finlandais –, est entièrement construit avec de la glace. Il y règne un froid polaire mais qu'importe, l'endroit est tellement incroyable que j'en oublie que mes cuisses sont sur le point de geler. À la carte : du chocolat chaud, mais aussi de la vodka locale que je décide de tester, et que j'avale cul sec prise dans l'euphorie du moment. Décision que je regrette instantanément. Je m'étouffe, mes yeux pleurent des larmes qui se transforment en neige et mon estomac prend feu.

— C'est de la bonne ! me lance le barman, tout sourires.

Au secours ! Je brûle ! Ce qui, dans un bar fait de glace, est le comble du paradoxe.

Maggie

Cette fois-ci, pas de moyen de transport exotique pour nous déplacer, mais un bus tout ce qu'il y a de plus banal, avec des sièges. J'en suis presque déçue. Après un déjeuner sur le pouce assez léger, en prévision du repas de réveillon qui s'annonce copieux, il nous a fallu à peine une petite demi-heure pour rejoindre l'île de la Digue.

— Tu connais l'île de Mahé, nous sommes allées sur l'île de Praslin et sur l'île de Curieuse, mais je ne pouvais pas te laisser repartir sans un passage par l'île de la Digue. Il s'y trouve des plages magnifiques, comme partout chez nous, mais ce ne sera pas le clou du spectacle d'aujourd'hui.

J'ai renoncé à interroger Sophia, je sais qu'elle ne me dira rien.

— Ici, c'est la plage Anse Source d'Argent, m'indique-t-elle. Sans doute la plage la plus photographiée au monde.

Et je comprends pourquoi. Une fois encore, la vue est sublime. La mer est d'un bleu turquoise limpide, à peine perturbée par quelques vaguelettes. Il y a pas mal de monde, peut-être un peu trop à mon goût.

— Comme tu l'as vu hier, il y a une faune très riche aux Seychelles. Nous avons des tortues, une grande variété d'oiseaux, mais également de très beaux poissons. Et pour les découvrir, rien de mieux que de faire une balade en kayak transparent.

Elle jubile. C'est donc cela, l'aventure dont elle parlait : une excursion en kayak…

— Quand tu dis transparent… tu veux dire vraiment transparent ?

Elle rit à la vue de ma mine affolée.

— Tu vas voir, c'est génial, on a l'impression d'être assis directement sur l'eau.

C'est bien ce qui m'inquiète, à vrai dire…

* * *

Accrochés à un ponton, ils sont bien là. Des kayaks entièrement conçus dans du plastique transparent. J'avais espoir que les coques soient un peu floues, que nenni, on voit le fond de l'eau à travers aussi bien que s'il n'y avait pas de barque.

Sophia est en train de discuter avec le loueur pendant que j'enfile mon gilet de sauvetage. Est-ce qu'on peut avoir le mal de mer en kayak ? Est-ce qu'une méduse peut piquer à travers le plastique ? Parce qu'il me reste quelques souvenirs en forme de cloques de cette rencontre inamicale, et à vrai dire, je n'ai pas envie de tester cette sensation de brûlure au chalumeau sur une autre partie de mon corps.

— Tout est OK, on peut y aller, m'informe Sophia en sautant presque dans son kayak.

De mon côté, j'y vais bien plus doucement, un pied après l'autre, tâchant de faire abstraction du tangage de l'embarcation. Je crois que je vais vomir.

— Installe-toi, ça ira mieux ensuite.

Ça ira mieux, ça ira mieux, c'est vite dit ! Parce qu'une fois dedans, il me faudra affronter l'une de mes plus grandes peurs : les poissons. L'une des raisons pour lesquelles je ne suis jamais très à l'aise lorsque je nage en mer et que je préfère la piscine. La piqûre de méduse m'a bien confirmé que l'eau chlorée était moins dangereuse.

Je finis par m'asseoir dans mon bateau.

— On voit vraiment le fond ! je m'exclame.

— Mais oui, je t'avais dit que ce serait extraordinaire, s'enthousiasme Sophia qui visiblement se méprend sur mon sentiment.

Le propriétaire des kayaks nous donne une pagaie à chacune, puis nous écarte du ponton. Plus moyen de reculer à présent.

En quelques coups de rames efficaces, Sophia s'est déjà éloignée. Je plante la mienne dans l'eau et pousse de toutes mes forces sur mes bras. Apparemment trop fort, puisque je fais une embardée sur la gauche. Je tente de me redresser en plongeant l'autre côté de la pagaie, mais pas assez vite. Résultat, je finis par faire un tour complet sur moi-même et je n'ai pas bougé d'un centimètre.

Revenue à ma hauteur, Sophia est morte de rire.

— C'est cette pagaie, je ronchonne, elle est montée à l'envers !

— Attends, je vais te montrer.

Ça a l'air si simple pour elle. Je la regarde effectuer de petits mouvements de bras et tâche de l'imiter au mieux. Ce n'est pas encore ça niveau trajectoire, mais au moins j'avance au lieu de tourner en rond, net progrès.

Au bout d'une dizaine de minutes à suivre Sophia, le verdict tombe : pagayer est la pire torture du monde. Mes bras me hurlent de les abandonner là, dans l'eau. Je transpire à grosses gouttes et souffle comme une baleine.

— C'est encore loin ? je parviens à demander entre deux râles.

— On y est presque, encore un petit effort et je te promets que tu ne le regretteras pas.

À peine trois minutes plus tard, je pousse un cri. Un gigantesque monstre marin vient de passer sous mon kayak.

— Tu l'as vu ? Tu l'as vu ?

— Si je l'ai vu ? Il faudrait être aveugle pour ne pas avoir vu ce... cet..., je bredouille, terrorisée.

— C'est une raie ! On a de la chance, parfois elles ne sortent pas de leur cachette.

— De la chance ? On ne voit vraiment pas les choses de la même manière ! Tu crois qu'elle vient pour nous dévorer ?

— Comment ça, nous dévorer ? Ne me dis pas que tu as peur ? me demande Sophia en riant.

— Bien sûr que j'ai peur, je suis morte de trouille. Et bientôt je serai morte tout court. Aaaaaaaah ! il y en a une autre ! je hurle de nouveau.

Que dit-on, déjà en présence d'une bête féroce comme une guêpe ou une poule ? Ah oui, qu'il faut rester immobile. Je tâche de suivre ce conseil, d'autant plus judicieux que si je bouge je risque de retourner mon embarcation et de me retrouver nez à nageoires avec la bête.

— Tu ne risques rien, Maggie, je te le promets. Détends-toi et profite du spectacle.

Me détendre, me détendre, elle en a de bonnes ! Ce n'est pas comme amadouer un chien ou caresser un chat. On parle d'une raie, là, un poisson énorme. Avec une queue énorme. Et des yeux énormes.

— Gentille petite raie, ne me mange pas, je murmure, ce qui a au moins le mérite de faire rire Sophia.

— Regarde, il y a d'autres poissons qui arrivent.

Ne pas paniquer. Penser à des poissons panés. Jolis petits bâtonnets croustillants.

Sous mon kayak, une farandole de couleurs s'agite. Ça nage vite et dans tous les sens, en bande organisée ou en solitaire égaré. S'il y avait autre chose entre eux et moi qu'une simple coque de plastique transparente, je trouverais ça magnifique. Sophia, elle, est comme une folle. Elle me propose même de faire du snorkeling. Est-ce que j'ai une tête à faire du snorkeling ? Attendez...

— C'est quoi, le snorkeling ?

— Aller à la découverte des poissons avec juste un masque et un tuba. Si tu veux, j'ai tout ce qu'il faut dans mon sac à dos.

Je préférerais sauter à travers un cerceau en flammes poursuivie par un tigre du Bengale qui n'a pas mangé depuis trois semaines. C'est dire. Mais, je pense à Margot. Je suis certaine qu'elle adorerait faire du snorkeltruc. Alors, pour elle...

— Vas-y, passe-moi un masque ! je lance à Sophia avec tout l'aplomb dont je suis capable, telle une pomme de terre qui s'apprête à devenir une frite.

Monstres marins, me voilà.

* * *

L'orphelinat Sainte-Lucie est en effervescence lorsque nous arrivons sur les coups de 19 heures. J'ai à peine eu le temps de repasser par l'hôtel, prendre une douche et revêtir une tenue plus habillée. N'ayant pas grand-chose dans ma garde-robe – les boots à fourrure étant difficiles à justifier –, j'ai fait une halte dans une boutique où j'ai déniché une petite robe noire à fines bretelles, qui fait l'affaire, bien qu'un peu trop près du corps à mon goût.

C'est une autre sœur que celle de ce matin qui nous accueille, Sophia, Keanu, Firmine et moi.

— Entrez, les enfants sont montés sur piles électriques.

Le brouhaha de cris et de rires que nous percevons nous confirme l'impatience de la petite troupe. Quand nous entrons dans la salle où va se dérouler le spectacle, je suis étonnée d'y trouver une centaine de personnes.

— Il y a toujours autant de monde ?

— Oui, toujours. Ça te surprend ?

— Comme nous sommes le 24 décembre, je pensais que les gens se réunissaient plutôt en famille.

— C'est exactement ce que nous faisons. Les sœurs et les enfants de l'orphelinat font partie de la famille, plus élargie que celle à laquelle tu penses, c'est sûr, mais une famille quand même. Chez nous, tout le quartier s'investit pour Sainte-Lucie, que ce soit par des dons ou le plus souvent, par du temps. Ici, personne ne manquerait ce moment. Le repas dit « traditionnel » aura lieu plus tard dans la soirée. Suis-moi, on va essayer de se dénicher des places.

Elle tente de se frayer un chemin, mais tous les trois pas, elle s'arrête pour saluer, embrasser ou encore donner des nouvelles. Tous semblent être heureux de se retrouver. Quand je pense que je connais à peine le nom de ma voisine de palier, je ne peux m'empêcher d'avoir un peu honte. Pourtant, j'ai essayé de tisser des liens lorsque j'ai emménagé dans mon immeuble. Surfant sur le concept de la fête des voisins, j'avais voulu organiser quelque chose mais je m'étais vite découragée devant le manque d'enthousiasme général.

Sophia me présente et tous m'embrassent comme s'ils me connaissaient depuis des années. Ils me demandent ce qui m'amène aux Seychelles et quand Sophia leur raconte toute l'aventure, ils sont sincèrement captivés.

Sur la scène, derrière le rideau, on entend les enfants courir et on aperçoit des petites mains qui se risquent à écarter l'étoffe de velours rouge. La salle est décorée de plusieurs guirlandes lumineuses, l'ambiance est festive et chaleureuse. *Parfait pour un 24 décembre*, je pense, me surprenant à nouveau.

Puis, l'une des sœurs fait signe à l'assistance de prendre place. Des chaises sont ajoutées pour que tout le monde puisse s'asseoir. Keanu et moi nous installons juste derrière Sophia et sa maman.

Lorsque les lumières s'éteignent, il me prend la main. Je me sens rougir, mais je ne la dégage pas.

Le rideau s'ouvre et nous découvrons une farandole de petits anges blancs aux ailes en carton peintes de toutes les couleurs. Titia adresse de grands signes à Sophia avant d'être gentiment mais fermement rappelée à l'ordre par sœur Camélia. La musique emplit la pièce, les enfants entament un premier chant de Noël et mon cœur fait un bond dans ma poitrine. Si les paroles me sont inconnues, je reconnais la mélodie de « Mon beau sapin ». La justesse et le rythme quelque peu hésitants n'entachent en rien la beauté du moment, chaque enfant y met tout son cœur. Je suis émue aux larmes. Je fredonne l'air avec eux, et sans que je m'y attende, je suis suivie par l'ensemble du public. J'en ai des frissons. Lorsque la chanson se termine, le sourire jusqu'aux oreilles, les petits anges s'inclinent pour nous saluer, et nous les applaudissons à tout rompre. Titia, elle, saute comme un kangourou en battant des mains.

Sœur Camélia a toutes les peines du monde à faire sortir ce premier groupe d'enfants qui veulent continuer à recevoir les acclamations du public. Au bout de quelques minutes d'efforts et de pourparlers, un second groupe se répartit sur la scène, déguisé cette fois-ci en bergers, vêtus de robes en toile marron, certaines bien trop grandes. Marcus, que je reconnais grâce à ses cheveux bouclés, avance en s'appuyant sur un bâton tel un vieillard. L'une des sœurs se précipite pour lui accrocher la barbe blanche qu'il a visiblement oubliée dans les coulisses, ce qui déclenche les rires de l'assistance.

— C'est pas marrant, nous lance-t-il, la moue boudeuse, les mains bien campées sur les hanches, ce qui a pour effet de renforcer notre amusement.

Les bergers, une fois tous en position, commencent à chanter à leur tour. Les notes de « Silent Night » résonnent et, de nouveau, je ne peux m'empêcher de chantonner.

Pendant près d'une heure, les airs de Noël s'enchaînent, et petit à petit, toute la salle accompagne les enfants. Debout, nous nous balançons et frappons dans nos mains, pour le plus grand bonheur des petits dont les yeux sont emplis d'étoiles. Lorsque retentissent les notes finales, elles sont suivies d'une ovation qui semble partie pour ne jamais s'arrêter. Sur scène, les enfants, habillés de leur dernier costume, sautent dans tous les sens, crient et envoient des baisers imaginaires. Ils sont heureux. La vie n'est probablement pas facile pour eux, pas toujours clémente, mais en cet instant, plus rien ne compte que cette communauté qui les applaudit. Je sais que je n'oublierai jamais ce moment, jamais.

* * *

Pendant que nous chantions avec les enfants, dans les coulisses, des petites mains se sont affairées pour déposer, sous le sapin de la salle du réfectoire, de quoi terminer cette journée en apothéose : les cadeaux du père Noël. Étonnamment, la timidité a rapidement remplacé l'excitation. Alors qu'ils étaient déchaînés sur scène la minute d'avant, ils sont maintenant tous agglutinés dans un coin de la pièce, les yeux rivés sur l'amoncellement de paquets, sans oser s'en approcher. Comme si, de plus près, ces derniers risquaient de disparaître.

Il faut les encouragements de plusieurs sœurs pour qu'enfin deux enfants se décident à avancer vers le sapin, aussitôt suivis par les autres. Le brouhaha succède rapidement au silence religieux au gré de la distribution. Titia, elle, est venue prendre la main de Sophia et l'entraîne vers les cadeaux, pour chercher celui étiqueté à son nom.

Se produit alors ce qui a lieu à l'identique dans tous les pays, enneigés ou ensoleillés : les enfants, qui pour la plupart se sont assis confortablement par terre, déchirent avec frénésie les papiers qui emballent leurs cadeaux, sans aucune pensée pour celles et ceux qui ont mis un temps infini à les faire.

Un camion ! Une poupée ! Un ballon de foot ! Une peluche ! Des livres ! Les « oooh » et les « aaah » s'entremêlent aux cris de joie et je ne peux retenir mes larmes. J'ai moi-même été une enfant s'extasiant devant un micro rose sur pied comme ceux des vraies chanteuses, et je suis toujours capable de sauter de joie en déballant le sac à main de mes rêves (après avoir habilement laissé traîner des visuels dans l'appartement pendant des mois). Mais c'est la première fois que j'assiste à une ouverture de cadeaux par des enfants, et les émotions m'assaillent avec une puissance à laquelle je ne m'attendais pas. Tout ce bonheur simple et spontané me va droit au cœur. Au final, c'est Margot qui avait raison, peu importe la neige, les sapins, les guirlandes, la magie de Noël n'a pas besoin de tout ça.

— Maman Sophia, maman Sophia, regarde le père Noël m'a apporté une poupée Maggie qui fait pipi ! s'écrie Titia.

La fillette serre le jouet dans ses bras qu'elle câline en posant sa tête contre la sienne. Sophia pousse elle aussi des exclamations de joie. Nos regards se croisent, elle me sourit et m'adresse un clin d'œil complice avant de retourner vers la petite.

Merci de m'avoir permis de vivre ce moment, Sophia.

Margot

C'est étrange de réveillonner à l'hôtel sans mes proches. Je passe pourtant un très bon moment, sans doute grâce à l'ambiance festive qu'ont su créer les employés de l'établissement. Qui aurait cru qu'un pays entièrement recouvert de neige soit capable d'instaurer une atmosphère aussi chaleureuse ? Pas moi, en tout cas.

Si la décoration était déjà splendide, elle est passée au stade carrément grandiose pour l'occasion. Les murs du restaurant ont été drapés de tentures de velours rouge, le plafond, lui, est entièrement recouvert de guirlandes lumineuses ; des bougies ont été installées sur les tables ; et chaque dossier de chaise a été entouré d'un gros nœud en satin, donnant à l'ensemble un aspect féerique.

Le buffet, long de plusieurs mètres, met à l'honneur les plats traditionnels des différentes nationalités des clients qui séjournent ici. Noël ne serait pas Noël si on mangeait des hamburgers ou des spaghettis à la bolognaise.

Tout le monde semble heureux, même Tanya. Comme si elle avait signé une trêve avec elle-même. Les heures s'étirent, personne n'ayant envie de regagner la solitude de sa chambre.

Pour prolonger la magie de la soirée, la plupart des clients s'engouffrent dans le bus pour se rendre à la messe de minuit. Même si la religion ne fait pas vraiment partie de ma vie, et que je n'ai pas mis les pieds dans une église depuis le mariage de l'une de mes cousines il y a cinq ans, je décide de les suivre.

À côté de l'édifice se dresse une crèche grandeur nature, composée de personnages sculptés dans du bois et peints dans des couleurs vives. Mais ce n'est pas ce qui attire mon regard. Un peu plus loin, une multitude de points lumineux vacillent dans la nuit polaire. Alors que je m'approche, je comprends qu'il s'agit d'un cimetière. Malgré l'heure tardive, plusieurs personnes y entrent ou en sortent. Elles se sourient quand elles se croisent, s'embrassent sur les joues, se serrent dans les bras. Leur regard brille de tout autre chose que le chagrin que l'on rencontre habituellement dans ces lieux. Sur la plupart des tombes, des bougies ont été déposées. Des petites, des grandes. Ce sont leurs flammes que j'ai aperçues. Elles vacillent au gré des mouvements du vent mais ne s'éteignent pas. Une pensée adressée à ceux qui ne sont plus là.

Je reste un certain temps à contempler ces pierres tombales illuminées, avant d'essuyer les larmes que je sens poindre au coin de mes yeux et de rejoindre les autres dans l'église.

Encore quelques jours ici et je me transforme en guimauve.

Maggie

Je pensais que Sophia plaisantait quand elle a évoqué l'office de minuit. Un peu comme le faisaient mes parents lorsque nous étions petites, Margot et moi, et qu'ils nous faisaient croire qu'après le repas il nous faudrait aller à l'église. Nous fréquentions peu les églises, mais les quelques messes de mariages ou de baptêmes auxquelles nous avions assisté nous renvoyaient l'image de quelque chose d'interminablement ennuyeux.

Après les émotions de la journée, attaque de raies sanguinaires, spectacle des enfants de Sainte-Lucie et un repas de fête pour le moins copieux – cari de langoustes, bourgeois oignons piment rôti au four, tarte à la papaye, bananes flambées au rhum et gâteau de patates douces à la vanille –, je n'avais qu'une envie, me glisser sous les draps.

Mais Sophia ne comptait pas me laisser filer. À peine la dernière bouchée de gâteau avalée, toute la famille s'est préparée à partir pour l'église : chapeau à voilette pour Firmine, veste de costume pour Keanu et foulard coloré pour Sophia.

— Noël est une fête très religieuse chez nous, m'explique cette dernière sur le chemin. Tous les habitants ou presque se rendent à la messe de minuit le 24 décembre.

Je ne peux m'empêcher de penser qu'elle exagère, jusqu'à ce que je voie le monde massé devant le grand bâtiment qu'elle me désigne.

— On aura de la chance s'il reste des chaises.

Quand je pense à une église, j'imagine un lieu plutôt austère et froid, construit en pierres, avec de grandes voûtes et des tas de vitraux… et bien entendu quasi vide. Le contraste avec ce que j'ai sous les yeux est saisissant. La charpente de poutres peintes en blanc, les immenses fenêtres, les spots de lumière qui éclairent l'allée centrale, et le sol en dalles claires donnent à l'ensemble un aspect chaleureux et avenant. Au fond, derrière l'autel, j'aperçois des voiles de différentes couleurs.

Il n'est pas encore minuit mais la chapelle est déjà bondée. J'ai l'impression d'être propulsée à Walnut Grove. Tous les bancs sont occupés, nous restons donc debout, parmi nombre d'autres fidèles qui, eux non plus, n'ont pas eu la chance de trouver chaise à leur fessier.

Firmine salue joyeusement tous ceux qu'elle connaît, à peu près l'intégralité de l'assistance donc, et distribue aux enfants des petits cadeaux soigneusement emballés.

Sophia me présente à quelques-unes de ses amies, que mon histoire amuse beaucoup.

Les discussions, les rires, les embrassades, on est à mille lieues du silence pesant dont je me souviens.

Peu avant minuit, le prêtre fait son entrée, rétablissant le calme en quelques instants. Bien que je ne parle pas le créole seychellois, je devine grâce à la proximité de quelques mots avec le français que le discours est joyeux. Ses paroles sont entrecoupées d'acclamations. Puis c'est au tour de la chorale de prendre le relais. Je me prépare aux voix éraillées, aux chants suraigus. À la place, les fidèles se lèvent et commencent à se balancer de gauche à droite, à frapper dans leurs mains, à l'unisson des voix chaudes et entraînantes du chœur. Je ne reconnais aucune mélodie, mais je me laisse gagner par la ferveur qui monte au sein de la chapelle et rejoins le bercement de la foule. De temps à autre, la voix du prêtre se fait entendre, déclenchant des « Amen ! » fougueux. J'ai le cœur qui bat la chamade. Sophia et Firmine chantent à tue-tête. Keanu me sourit.

Il est près d'une heure du matin, et je n'ai plus aucune envie d'aller me coucher.

Alléluia ! Alléluia !

* * *

Comme la veille, Keanu est missionné pour me raccompagner à l'hôtel. Mon esprit est encore plein des paroles et de la musique vibrantes. Il fait nuit noire, mais le ciel est parsemé d'étoiles.

Quand je sens sa main se glisser dans la mienne, cela me semble naturel.

Quand il m'embrasse, je ne me dérobe pas.

Quand je le précède pour entrer dans ma chambre, je ne me pose pas de questions.

25 DÉCEMBRE

Margot

Chère Joey,

Je te souhaite un très joyeux Noël ! Nous sommes déjà le 25 décembre, je n'en reviens pas que ce séjour en Laponie soit passé aussi rapidement. Oui, je sais ce que tu vas me dire, pour quelqu'un qui a chouiné à l'aéroport, je ne m'en sors pas si mal. Je te rappelle que je n'avais dans ma valise que des robes légères et des maillots de bain ! Il y avait quand même de quoi pleurer. Mais, c'est Maggie qui avait raison finalement : la neige, les sapins, les guirlandes, tout ça fait partie de la magie de Noël.

Hier, j'ai rencontré le père Noël, le vrai. Il était immense et chaussait au moins du 50 ! Il m'a demandé ce que je souhaitais recevoir comme cadeau et j'ai aussitôt pensé à Tanya. La dernière fois que je t'en ai parlé, nous étions au point mort, toutes les deux, mais je crois que les choses se sont arrangées. Déjà parce que j'ai fait briller ses yeux en lui offrant quelques produits de beauté La Prairie, mais aussi parce que je l'ai fait rire. Et crois-moi, il a fallu que je déploie tout mon potentiel humoristique ! Elle me fait vraiment de la peine, cette gamine. Figure-toi qu'elle préfère entretenir sa tristesse parce que l'absence de sa mère lui paraît ainsi moins douloureuse. C'est terrible de voir les choses comme ça… Et c'est en pensant à toi que je lui ai soumis l'idée d'écrire un journal en s'adressant à sa mère. Si elle lui crée une place autre que celle de l'absence, peut-être que ça l'aidera à supporter la situation ? J'espère qu'elle y réfléchira…

* * *

Pour cette dernière journée en Laponie, le programme est assez chargé, initiation au ski nordique ce matin et balade en chien de traîneau cet après-midi, de quoi nous abreuver de neige et de froid avant de reprendre l'avion. Et parce que nous sommes le 25 décembre, les employés de l'hôtel ont déposé devant les portes de chaque chambre un petit cadeau : une cloche en argent gravée, accrochée à un foulard de satin rouge. Je vois déjà Maggie se ruer dessus lorsque j'ouvrirai ma valise.

Les oreilles à l'abri du vent sous un bonnet de laine violet, les mains et les pieds bien au chaud respectivement dans une paire de gants et dans des chaussures de randonnée, j'écoute notre guide nous expliquer la différence entre le ski de fond classique et le skating. Pour le premier, on se contente d'avancer tout droit en s'aidant des bâtons ; alors que pour le second, on fait des pas en canard pour grimper des pentes… Moi qui ne suis pas une grande sportive, l'option « avancer tout droit » me séduit immédiatement.

Les skis sont fins et très légers, bien loin de mes souvenirs d'enfance où il nous fallait en porter des lourds et encombrants, ayant la fâcheuse tendance à se désolidariser l'un de l'autre une fois sur notre épaule, et d'énormes chaussures en plastique rigide nous obligeant à monter les marches de biais. Que celui qui a conçu l'équipement nécessaire au ski alpin se dénonce !

Je clipse l'avant de mes chaussures dans les encoches prévues, puis je me mets dans les traces de celui qui me précède et commence à avancer. *C'est vrai que c'est facile*, je pense au bout de quelques mètres, *je devrais me mettre au ski de fond*. En plus, ce serait pratique pour me rendre au bureau les jours de neige. « Tu es venue comment Margot ce matin ? Quelle galère la voiture avec cette couche... – Oh, tu trouves ? Ça a été pour moi, je suis venue à skis. »

Je prends le temps de regarder le paysage, de profiter des quelques heures de luminosité. Est-ce que tout le monde est aussi doué que moi dès sa première tentative ? Peut-être que je devrais m'y mettre sérieusement ? Une médaille olympique, ça ferait joli sur le rebord de la cheminée.

Au bout de cinq minutes, j'ai un peu chaud sous ma combinaison, un comble alors que la température extérieure doit frôler les – 20 °C. Il faudrait que j'investisse dans des textiles un peu plus techniques.

Après cinq cents mètres, l'arrière de mes cuisses et la paume de mes mains me brûlent de plus en plus. Je souffle comme un renne à l'agonie. Ça doit être l'altitude, on a toujours du mal à respirer en haute montagne.

Finalement, je ne vais peut-être pas me lancer dans la compétition. Je ne voudrais pas donner des complexes aux autres participants. Ça pourrait être vexant de voir une femme de trente-cinq ans débarquer dans ce sport et défier avec autant de facilité toute la hiérarchie en place. Parfois, il est préférable de se faire discrète sur ses capacités.

Ça fait combien de temps qu'on skie, deux heures ? Seulement huit minutes ? Ah tiens, j'aurais dit plus à vue de nez, comme ça. Pourtant, mes genoux me hurlent de les achever, mon cœur a dépassé depuis longtemps les limites de la tachycardie, et quant à mes bras, je les suspecte de vouloir se faire la malle à la première occasion.

Me rendre au bureau à skis ? De toute façon, il ne neige quasiment jamais par chez nous. Une voiture – qu'on peut en plus équiper de sièges chauffants –, c'est tout aussi efficace. Et puis, de toute façon, des mollets trop musclés ça ne rend pas bien en chaussures à talons.

Le skating est censé, selon le moniteur, nous rappeler notre adolescence passée rollers aux pieds. Alors je ne sais pas qui cette affirmation concerne, parce que moi, je l'ai surtout vécue avec des écouteurs vissés dans les oreilles, les fesses bien enfoncées dans le matelas de mon lit.

En raison d'une histoire d'écailles à laquelle je ne comprends pas grand-chose, il nous faut changer de skis, et cette fois-ci, toute la chaussure est fixée aux spatules. Je fais un signe à Tanya qui se trouve à quelques mètres de moi et écoute d'une oreille distraite les consignes. Il est question d'équilibre, de prise de quarts, de propulsion d'une jambe sur l'autre… Si c'était vraiment comme le roller, il n'y aurait pas besoin de toutes ces explications. Je sens poindre l'arnaque.

— Est-ce que je peux avoir des bâtons ? demandé-je innocemment.

— Pas besoin de bâtons pour commencer.

Pas besoin de bâtons, pas besoin de bâtons, je grommelle dans ma barbe. Et comment je fais, moi, pour garder l'équilibre sans pouvoir m'appuyer sur quoi que ce soit ? Au cas où vous ne l'auriez pas remarqué, la neige, ça glisse.

Rien que pour me contredire, le moniteur s'élance et exécute un pas de patineur puis un autre, le tout avec grâce et efficacité. Piquée au vif, je tente de l'imiter et lance ma jambe droite, puis ma jambe gauche, et répète l'opération sans autre succès que celui de dégager de la neige en mode geyser. Niveau propulsion vers l'avant, on est proche du surplace.

— Vous devoir appuyer sur vos quarts à l'intérieur. Vos pieds être trop à plat, m'explique le moniteur. Vos skis devoir être divergents, mais vos genoux convergents.

« Skis divergents, mais genoux convergents », j'ignorais qu'il fallait un diplôme de physique pour faire du skating. Quand on regarde le biathlon à la télévision, ça a l'air nettement plus facile. J'en suis presque à regretter mes roulés-boulés d'avant-hier, nue dans la neige. Au moins, là, je maîtrisais la technique.

Finalement, au bout d'une demi-heure d'efforts, je commence à avoir le coup de spatule. Mais tous mes muscles, certains dont j'ignorais l'existence, me font souffrir.

— Ça être plaisant, non ? s'enquiert le prof à la fin du cours d'initiation, tout sourires et les joues roses de froid.

Plaisant, plaisant, ne nous emballons pas. Je halète comme un phoque échoué sur une plage. On parle quand même de pentes à grimper avec des skis aux pieds, sans aucune échoppe sur le chemin pour servir des bretzels gratinés au fromage ou des chocolats chauds recouverts de crème fouettée. J'ai connu mieux, niveau plaisir.

Maggie

Sans vouloir me l'avouer, je redoutais cette soirée de réveillon. J'avais peur d'être submergée par l'absence de Margot et de mes parents, mais aussi de nos traditions familiales.

J'étais à mille lieues de penser qu'elle se finirait dans les bras d'un parfait inconnu. Et pourtant…

Alors que j'ouvre les yeux, la main masculine qui repose sur ma hanche m'apprend que tout cela n'était pas une invention de mon esprit. Keanu est allongé à côté de moi, le corps à moitié recouvert du drap, paisiblement endormi.

Keanu…

Je ne peux m'empêcher de rougir lorsque des images de la nuit me reviennent. Jamais un homme n'avait exploré mon corps avec autant de délicatesse ni été aussi attentif à mes réactions. Et jamais je ne m'étais sentie si libre, nue, sous le regard brûlant d'un homme. Cette nuit, j'ai découvert le plaisir sans enjeu et sans lendemain.

— Joyeux Noël, Maggie, me dit Keanu d'une voix encore ensommeillée.

Il s'étire quelques instants, puis se love dans mon dos et dépose un délicat baiser dans mon cou.

Je frissonne. Son corps chaud contre le mien, son souffle sur ma peau, ses doigts qui s'aventurent sous le drap…

À quelle heure Sophia a-t-elle dit que je devais la retrouver sur la plage déjà ?

Margot

Le repas du midi se déroule dans une grange aménagée en restaurant de montagne. Les effluves qui m'assaillent réveillent mon estomac au quart de tour. Charcuterie, viande séchée, pommes de terre, fromage, pain de campagne à la croûte épaisse et croustillante, le tout sous forme de buffet, il y a de quoi nourrir un régiment.

Mon plateau bien garni, je cherche du regard une place pour m'asseoir, quand Alexandre me fait signe de les rejoindre, lui et sa fille.

— Nous vous avons gardé une place, m'indique-t-il en me désignant la chaise en face de lui.

J'étale une couche de beurre sur une tranche de pain et je mords dedans avec avidité, sans même prendre le temps de garnir ma tartine de quoi que ce soit d'autre.

— Le sport, ça creuse ! je me sens obligée de justifier.

Alexandre me sourit puis se penche pour sortir un paquet de son sac à dos.

— Joyeux Noël, Margot, me dit-il en me le tendant.

— C'est pour moi ? Mais euh… pourquoi ? je bredouille.

— Parce que ça nous fait plaisir. S'il vous plaît, acceptez-le, me prie-t-il devant ma réticence.

— Ça me gêne… De mon côté…

— Vous avez fait énormément pour nous. C'est pour vous remercier. Allez-y, ouvrez-le.

Un peu fébrile, j'arrache le papier cadeau pour découvrir un bracelet jonc doré avec un bonnet de Noël en guise de fermoir, dans un écrin de velours.

— J'espère qu'il vous plaît. Tanya m'a aidé à le choisir hier dans une petite boutique du Santa Claus Village.

— Il est magnifique, merci beaucoup, dis-je en le positionnant sur mon poignet. Je suis très touchée et aussi très gênée.

— Il ne faut pas, me répond-il avec un grand sourire. Je sais que vos plans de vacances ont été chamboulés, alors c'est la moindre des choses. Prête pour la balade en chiens de traîneau, tout à l'heure ? enchaîne-t-il. J'attends ce moment avec grande impatience. C'était le rêve de…

Il s'arrête brusquement, comme si ces mots lui avaient échappé.

— C'était le rêve de maman, termine Tanya. Elle le répétait souvent. Je crois qu'ils viennent de recharger en *korvapuusti*, ajoute-t-elle, puis elle se lève précipitamment et disparaît vers le buffet.

— Je suis vraiment désolé…, murmure aussitôt Alexandre. Ça m'a échappé.

— Vous n'avez pas à vous excuser. Évoquer votre femme ne doit pas devenir tabou, au contraire. Ça restera douloureux pour Tanya tant qu'elle cherchera à tenir ses émotions à distance. Elle doit trouver une manière de penser à sa mère qui lui fasse du bien.

— Je me confie à elle avant de m'endormir. Je lui raconte ma journée, je lui parle de Tanya. Je lui dis combien elle me manque… Quand je ferme les yeux, j'ai l'impression qu'elle est à mes côtés, me dit Alexandre, le regard rivé sur le contenu de son assiette.

Émue, je me concentre à mon tour sur mes *grillimakkara*, appellation finlandaise pour désigner des saucisses grillées au feu de bois. Lorsque Tanya revient avec un morceau de brioche à la cannelle, ses yeux sont encore rouges.

* * *

Dans la clairière où nous attendent les attelages, des dizaines de chiens harnachés jappent d'impatience, symphonie canine contrastant avec le calme de l'environnement. Ils sont magnifiques et respirent la santé. Je suis toujours réticente quand une activité implique des animaux, car il n'est pas certain qu'ils auraient choisi de nous trimballer à droite et à gauche si on leur avait demandé leur avis. Mais, en ce qui concerne les chiens que j'ai sous les yeux, on peut ressentir leur excitation à l'idée de se lancer à pattes perdues sur les pistes enneigées et de se défouler. Une chose est sûre, je n'ai pas été un husky dans une vie antérieure.

La balade est individuelle et chacun d'entre nous est accueilli par un musher attitré.

— Bonjour, je m'appelle Niklas, m'apprend celui qui va donc tenir ma vie entre ses mains pendant les heures à venir.

— Margot, enchantée.

— Vous avoir déjà fait balade à traîneau avec chiens ?

— Non. C'est mon baptême.

Ma réponse doit lui faire plaisir puisque son sourire s'élargit aussitôt. Ce qui, soyons honnêtes, ne me dit rien qui vaille.

— Voici Floc, Nanouk et Sheyko, m'indique-t-il en me désignant trois des quatre chiens qui vont tirer mon traîneau. Et lui, c'est Cosmo. Lui être malamute d'Alaska.

Cosmo est bien plus imposant que les trois autres, à tel point que l'on n'a guère envie qu'il vous saute dessus pour vous saluer.

— Vous mettre ça, me demande Niklas en me tendant une paire de moufles en peau, ainsi que des surchaussures en fourrure. Sinon, vos orteils vont tomber et nous les faire griller comme des grillimakkara pour le dîner.

Il éclate de rire. Humour de Finlandais, peut-être. Mais dans le doute, je ne discute pas et enfonce mes mains pourtant déjà gantées dans les moufles et enfile les surchaussures par-dessus mes après-ski.

Le traîneau en lui-même est assez sommaire, composé de tubes d'acier posés sur deux longs patins, équipé d'une sorte de siège où l'on peut s'asseoir et allonger ses jambes. Niklas me fait signe de prendre place et se positionne derrière moi, debout.

— Très important jamais lâcher poignées, jamais, m'explique-t-il. Sinon, possible le traîneau se renverser.

Il rit de nouveau. Ça doit être la suite de la blague des orteils dégustés en saucisses. Je suis apparemment tombée sur le seul musher lapon qui rêve de faire un *one man show*. Quelle chance.

À peine ai-je le temps de m'installer aussi confortablement que le permet l'engin, que les chiens font un bond en avant au son du top départ lancé par Niklas. Le traîneau décolle quasiment du sol, mes fesses hors du siège, voilà qui commence bien.

Je me demande où les chiens trouvent leur plaisir à courir en tirant un truc derrière eux, mais force est de constater qu'ils ont l'air ravis et y mettent toute leur énergie.

— Vous être OK, Margot ? s'enquiert Niklas dans mon dos.

Oui, oui, moi être OK. Enfin, si l'on oublie les gerbes de neige que je reçois à intervalles réguliers en plein visage…

D'accord, je pinaille. Parce que en vérité, je suis subjuguée par la beauté de la nature qui m'entoure, et entendre les chiens japper de joie me donne presque envie de pleurer. On m'avait dit que ce genre de balade était inoubliable, je crois que cela va être le cas. Les mains et les pieds au chaud sous une couche de fourrure supplémentaire, le dos calé dans le siège, je savoure pleinement le moment.

Le soleil décline lentement, parant les cimes des arbres et la neige de nuances orange.

— Est-ce que vous vouloir essayer ?

— Pardon ?

— Vous vouloir essayer mushing, diriger traîneau et chiens ? répète Niklas tout en arrêtant d'office l'attelage.

— Mais je ne sais pas du tout comment faire !

— Ça être facile. Vous poser vos pieds là, me dit-il en joignant le geste à la parole, puis vous tenir poignées, surtout très important, ne jamais lâcher poignées, sinon…

Oui, sinon le traîneau peut se renverser, je me souviens bien de la blague de tout à l'heure, pensé-je alors que mes deux mains tiennent fermement lesdites poignées. Hein ? Comment ça mes deux mains sont sur les poignées ? Je ne sais par quel tour démoniaque, je me retrouve à la place de Niklas, qui me sourit de toutes ses dents – qu'il a belles et joliment blanches, ce qui ne gâche rien.

Niklas pousse un petit cri et sans même me laisser quelques minutes de préparation, les chiens reprennent leur course, le traîneau dans leur sillage… et moi accrochée au traîneau. J'ai les genoux à moitié pliés – position très peu confortable – et les mains crispées sur les manches, comme il se doit. Au point que mes doigts vont sans aucun doute rester figés dans cette position pendant des semaines. Voilà qui risque d'être pratique pour se maquiller le matin.

Puis, sans crier gare, j'ai le nez qui me démange. Vous savez, cette envie furieuse qui monte et qui finit par vous obséder… Ça me gratte, j'ai envie de me gratter, il faut que je me gratte ! J'essaie de me concentrer sur autre chose, le soleil qui se couche, Cosmo qui remue sa queue, mais impossible. Allez, rien qu'une petite seconde, un petit gratouillis et on n'en parle plus. Moins de temps qu'il n'en faut à Carène Ponte pour ouvrir une case de l'un de ses calendriers de l'avent[1]…

Ma main gauche lâche sa poignée et se dirige vers la narine coupable (ou victime ?). La délivrance est immédiate, j'en soupire d'aise… jusqu'à ce que la mise en garde de Niklas trouve un écho tout à fait concret. Pour éviter une branche, le chien de tête fait une légère embardée, suivi des autres puis par le traîneau sur lequel, hélas, la musheuse (moi) perd l'équilibre, fait vaciller l'ensemble… et se retrouve catapultée dans la neige – toujours en moins de temps qu'il n'en faut pour ouvrir une deuxième case de calendrier de l'avent.

J'ai perdu mon bonnet dans la bataille, et j'ai de la neige plein les cheveux et dans le cou lorsque Niklas arrive à ma hauteur, essoufflé et le visage inquiet.

— Mon nez me grattait, et puis vous ne m'aviez pas montré le geste pour dire aux chiens de s'arrêter, dis-je avant de partir dans un fou rire incontrôlable.

---

1. Alors ça, c'est un coup bas !

Maggie

Le soleil est déjà haut dans le ciel lorsque nous arrivons sur la plage, Keanu et moi. Une fois encore, je suis surprise d'y trouver autant de monde. Mais le 25 décembre est aussi férié aux Seychelles. Des dizaines de familles se sont réunies pour profiter de ce jour de fête, danser et manger sur le sable. Plusieurs barbecues collectifs permettent de faire griller du poisson ou des légumes ; des tables de fortune ont été installées pour accueillir d'énormes corbeilles de fruits, des boissons et des tartes de toutes sortes. Chacun a apporté de quoi pique-niquer et tout est mis en commun. Les effluves de nourriture me rappellent que je n'ai rien avalé depuis la veille et qu'il est grand temps de faire le plein de calories.

Sans aucune gêne, Keanu m'embrasse à pleine bouche, avant de se diriger vers l'un des braseros.

Assise sur une serviette, Sophia me fait de grands signes.

— Bonjour, Maggie ! m'accueille-t-elle avec un grand sourire. Joyeux Noël ! Tu as passé une bonne nuit ?

Je rougis jusqu'aux oreilles. Si jamais elle avait des doutes sur les événements des heures passées, elle est désormais fixée. Je devine à son front qui se plisse qu'elle aurait préféré qu'il en aille autrement.

— Tu sais, mon frère n'est pas vraiment…

— Je sais. Ne t'inquiète pas. Il n'y a pas de promesse et c'est pour ça que c'était…

Je m'empourpre de plus belle. Sophia éclate de rire.

— Je rentre demain, déjà… Je vais retrouver ma sœur et mon quotidien. Mais jamais je n'oublierai ces quelques jours ici. J'étais persuadée que j'allais passer le pire Noël de ma vie, que je ne réussirais pas à me mettre dans l'ambiance avec tout ce soleil et ces plages paradisiaques. Grâce à toi, Sophia, j'ai découvert que l'esprit de Noël pouvait se trouver n'importe où. Peu importe le décor ou la température, ce qui compte c'est l'amour qui unit les gens, le plaisir qu'ils ont à partager ensemble ces moments précieux. Je n'ai pas vu de rennes, ni rencontré le père Noël, mais je repars riche de plein d'autres choses.

— Les rennes ne font pas le poids à côté des tortues, de toute façon, plaisante-t-elle comme pour cacher son émotion. Merci d'avoir accepté de me suivre les yeux fermés, et d'avoir compris ce que je voulais te faire ressentir.

Nous sommes interrompues par Keanu qui nous rejoint les bras chargés d'assiettes recouvertes de nourriture. Deux minutes de plus et il nous trouvait en train de pleurer comme des madeleines.

Le bruit qu'émet mon estomac met fin à la séquence émotion et déclenche l'hilarité générale. Keanu détache d'un poisson un gros morceau de chair blanche qu'il approche de ma bouche pour me faire goûter. Et je trouve ça incroyablement romantique, en plus d'être délicieux.

— Maggie chériiiiie ! s'exclame une voix familière dans mon dos. Je me suis fait du souci pour vous.

Brigitte, moulée dans un short à motif panthère, à mon avis trop petit pour elle, et les seins débordant de son haut de bikini, se plante devant moi.

— Bonjour, Brigitte. C'est gentil de vous inquiéter mais j'étais entre de bonnes mains. Vous connaissez Sophia, ainsi que Keanu, son frère.

— Je vois que vous avez suivi mon conseil, glousse-t-elle sans quitter Keanu des yeux. Ne faites pas cette tête, j'ai un don. Je repère les orgasmes à cent mètres et apparemment, ça a dû être *muy callor*.

Elle ponctue sa phrase d'un clin d'œil appuyé, avant de rejoindre un petit groupe un peu plus loin, moyennant moult signes de la main. Je manque m'étouffer avec mon poisson. Sophia éclate de rire.

* * *

Nous avons dansé sur le sable une bonne partie de l'après-midi. J'ai mangé du gratin de papaye verte, du kat-kat de bananes, du fruit à pain – ce qui a enthousiasmé Sophia : il paraît que quiconque déguste ce fruit reviendra obligatoirement aux Seychelles.

Un groupe de touristes ayant réservé une sortie en catamaran, Keanu a dû nous quitter. Il m'a longuement embrassée avant de partir.

Nous nous sommes aussi baignées. Un 25 décembre. Et cette fois, aucune méduse n'est venue troubler cet instant hors du temps.

Mon cœur et mon corps se sont imprégnés de musique, de saveurs exotiques, de soleil et de sable chaud.

Il n'est pas loin de 18 heures. Au bord de la piscine de l'hôtel, je sirote un cocktail, en attendant Sophia qui a voulu faire un saut à Sainte-Lucie pour souhaiter un joyeux Noël aux enfants.

Demain, à cette heure-ci, je serai au-dessus de l'Atlantique.

— Je t'avais promis une journée inoubliable, la promesse est-elle tenue ? me demande Sophia en me rejoignant, un verre à la main.

— C'était… incroyable. Tellement différent et pourtant… J'ai retrouvé ici tout ce que j'aime dans Noël et ça, malgré l'absence des ingrédients qui me paraissaient indispensables.

— Ta famille te manque ?

— Oui. Je suis impatiente de voir ma sœur et de lui raconter tes îles. C'était son rêve à elle de les découvrir.

— A-t-elle profité de ton rêve à toi ?

— Nous n'avons pas pu beaucoup échanger, mais je sens qu'elle a su y trouver quelque chose, elle aussi. Les enfants allaient bien ?

— Comme un lendemain de distribution de cadeaux. Les sœurs ont toutes les peines du monde à maintenir le calme. Et je peux te dire que grâce à Titia, la poupée Maggie qui fait pipi va devenir la mascotte de Sainte-Lucie.

Elle s'interrompt puis boit quelques gorgées de son cocktail, comme pour se redonner une contenance.

— Tu l'aimes beaucoup, cette petite fille, non ?

— Oui. Elle est… Je ne sais pas trop comment l'expliquer, mais le lien est différent. J'ai rencontré de nombreux enfants dans cet orphelinat, il y a beaucoup de misère chez nous, tu sais. Mais avec Titia, c'est différent.

— Je peux te poser une question indiscrète ?

Elle sirote de nouveau son verre, je prends ça pour un oui.

— Tu n'as jamais songé à l'adopter ? Pour Titia, tu es déjà maman Sophia, alors…

— J'y ai pensé, me répond-elle après quelques instants. Des dizaines, des centaines de fois. J'adorerais qu'elle devienne ma fille, mais…

Elle cache un peu son visage, afin d'essuyer discrètement une larme.

— Mais ce serait compliqué, reprend-elle, la voix chevrotante. Je ne pourrais pas lui offrir de famille avec une maman et un papa.

— Tu as encore le temps de rencontrer un homme et de la fonder !

— Ce n'est pas une question de temps, Maggie. Il n'y aura jamais de papa, c'est tout.

Cette fois-ci, elle tourne la tête vers moi et soutient mon regard. Pourquoi est-elle aussi affirmative ? Elle est jeune, elle a toute la vie devant elle… Et puis, je comprends.

— En tant que pédiatre, j'en ai vu défiler des familles. De toutes sortes. Composées d'une maman et d'un papa, d'une seule maman ou de deux… Et, la seule chose qui compte, crois-moi, c'est l'amour qu'ils ou elles portent à leur enfant. Rien d'autre. La composition de la famille n'a aucune importance dès lors qu'il y a de l'amour.

— Si seulement les gens ici pouvaient penser comme toi.

— Alors il faut se battre pour les faire changer d'avis. Titia en vaut la peine, non ?

Nous finissons nos cocktails en silence, le soleil déclinant lentement avant de disparaître derrière les flots.

— Ta sœur a de la chance de t'avoir.

— C'est ce que je me tue à lui répéter, dis-je en riant.

La journée s'achève. Nous nous promettons de nous écrire pour ne pas perdre contact, comme des adolescentes de quinze ans. Je la prends dans mes bras avant de la regarder s'en aller.

Et parce qu'il faut bien rendre à César ce qui est à César, je remercie cette méduse d'avoir croisé mon mollet il y a trois jours.

Margot

Chacun d'entre nous a été équipé par les mushers d'une petite lampe frontale lorsque la nuit est tombée, ce qui donne à notre expédition des allures d'aventure clandestine. Le paysage qui défile sous mes yeux est tout autre, plus feutré, plus envoûtant.

Soudain, les attelages s'arrêtent au beau milieu de nulle part et les mushers nous font signe de les suivre. Ils sortent du sentier, et commencent à grimper une pente enneigée à travers les bois. Il ne manque plus que la petite musique bien angoissante pour se dire que l'on va tous se faire décapiter à coups de pelle au bout du chemin… Mais, confiants, nous nous engageons derrière eux.

Au bout d'un quart d'heure de marche, nous débouchons sur un plateau avec une vue dégagée, si tant est que ça ait un intérêt vu qu'il fait nuit. Nos accompagnateurs nous indiquent d'un geste que nous faisons halte ici. Nous obtempérons et, dans un silence religieux, nous attendons… quoi, on ne sait pas. Mais nous attendons. Sages comme des images. Peut-être de nous faire tuer à coups de pelle.

Lorsque le ciel s'anime, nous poussons un cri de surprise. Une aurore boréale. Des vagues de lumière verte semblent déferler sur nous, on dirait un rideau qui danse, mû par le vent. La bouche grande ouverte, je ne perds pas une miette du spectacle qui se déroule sous mes yeux et auquel je n'aurais jamais pensé assister un jour. Pour la première fois peut-être depuis que je suis ici, je culpabilise d'être dans les bottes de Maggie et j'espère qu'elle aussi vit des moments magiques à l'autre bout du monde sous le soleil des Seychelles. Sinon, cela risque de me coûter très cher en cosmétiques, et ce jusqu'à la fin de ma vie.

— Joyeux Noël à tous, lance Niklas.

Oui, joyeux Noël.

Maggie

Ma valise est bouclée. Ça ne m'a pas pris bien longtemps puisque je n'ai eu qu'à ajouter au-dessus de la combinaison de ski, des pulls à col roulé et des autres vêtements parfaitement adaptés à la Laponie, les quelques affaires achetées à la boutique de l'hôtel et au marché de Victoria.

Je programme mon téléphone pour qu'il me réveille à 7 heures et m'apprête à me coucher lorsque quelqu'un frappe à ma porte. L'espace d'un instant, je crains que ce ne soit Brigitte, mais je me rassure en me disant qu'elle ne se serait pas contentée de quelques coups discrets pour me signifier sa présence.

J'ouvre la porte pour découvrir, surprise, Keanu.

— Bonsoir, Maggie. Tu as encore quelques heures avant de partir ?

Il me sourit.

J'aurai tout le temps de dormir dans l'avion demain.

26 DÉCEMBRE

Margot

Cent cinquante euros de supplément bagages, ça pique un peu. La combinaison, les après-ski et tous les cadeaux de Noël, ça pèse nettement plus lourd que trois robes et une paire de tongs. Voilà l'une des nombreuses autres raisons pour lesquelles je préfère les vacances au soleil, cela permet de voyager léger.

J'aurais pris beaucoup de plaisir à lézarder sur l'une des magnifiques plages des Seychelles, mais je dois reconnaître que je me suis aussi beaucoup amusée en Laponie, au pays des glaçons. Les rennes, les chiens de traîneau, le village du père Noël, les aurores boréales, les roulades toute nue dans la neige, c'était magique. Et, miracle, je repars sans engelures. J'éprouve même un petit pincement au cœur au moment de monter dans l'avion. Et le regret d'avoir laissé mon poisson s'échapper.

De loin, Alexandre et Tanya m'adressent de petits signes de la main. L'adolescente a l'air moins renfrognée. Peut-être a-t-elle ajouté, grâce à ce voyage, d'autres onomatopées à son vocabulaire.

Une fois rentrée, je me promets de lui acheter un joli carnet. J'irai le lui donner à l'occasion d'un repas chez mes parents. Enfin, si je me décide, un jour, à adresser de nouveau la parole à mes parents.

« … Mesdames et messieurs, bienvenue sur ce vol n° 7649 à destination de Paris. Je suis Jonas Guichard, votre commandant de bord. La durée de vol sera d'environ 3 h 20 pour un atterrissage prévu à 16 h 28, heure locale. Je vous informe que nos conditions de vol seront optimales. Nous vous rappelons que ce vol est non-fumeurs… »

Ce n'est qu'un au revoir, Finlande, je reviendrai, c'est sûr. Et avec Maggie, cette fois. Peu importe où, je ne veux plus jamais passer un Noël sans ma sœur.

Maggie

Quelle était la probabilité pour que je me retrouve de nouveau à côté de Brigitte sur le vol du retour ? Une sur un million ? À croire qu'une personne, quelque part, tire les ficelles de ma vie[1].

— Ne me dites rien, vous sentez le sexe à des kilomètres, me dit-elle en prenant place sur son siège, avant même de me dire bonjour. Vous allez réussir à me rendre jalouse, ma chérie !

— Jalouse ? Vous ? Ça ne s'est pas bien passé avec votre Emiliano ?

— Emilio. Une déception. Aux abonnés absents du caleçon. Mou comme du ver à pêche. Jeune, mais aucune endurance.

Je ne peux m'empêcher de rire. Jamais je ne rencontrerai un autre spécimen tel que Brigitte de toute ma vie, c'est une certitude.

— Si je n'aimais pas tant les hommes, je me mettrais aux femmes, soupire-t-elle. Et sinon, hormis vos orgasmes à répétition, avez-vous apprécié votre séjour aux Seychelles ? Où souhaitiez-vous partir déjà ?

---

1. Ah bon ? Mais qui ?

— En Laponie. Mais oui, j'ai beaucoup apprécié mon séjour. Sophia m'a fait visiter des endroits magnifiques.

— Ah oui, en Laponie. Il faudrait que je retente un jour. Les hommes du froid sont peut-être plus robustes. Ça vous ennuie si je dors quelques petites heures et ne vous fais pas la conversation ? J'ai passé toute la nuit à danser nue pour Emilio dans l'espoir d'un plus vigoureux garde-à-vous, j'ai les seins en bouillie.

Ne pas visualiser, ne pas visualiser…

Trop tard.

Margot

Avachie sur le canapé depuis plus d'une heure, j'apprécie le calme de l'appartement. C'est bon d'être de retour chez soi.

Sauf que ce n'est pas chez moi. C'est l'appartement de Maggie. J'ai cherché à repousser cette évidence depuis que j'ai ouvert la porte, sans succès. Je viens d'avoir trente-cinq ans, et je vis chez ma sœur. Si j'accepte de me regarder en face, la raison est assez évidente : j'ai la trouille. Parce que je ne sais pas vivre seule.

Mais ce voyage en Laponie a tout changé. Ce n'était que quelques jours – et en terre hostile ça compte pour mille –, pourtant, je n'ai pas souffert de la solitude. J'ai même beaucoup apprécié me retrouver seule le soir, dans ma chambre d'hôtel. C'est un cadeau de Noël pour le moins inattendu. Je me sens très bien chez Maggie, je ne la remercierai jamais assez de m'avoir accueillie chez elle sans l'ombre d'une hésitation, mais à présent, j'ai envie d'avoir mon endroit à moi. Un espace que je pourrais décorer, laisser en désordre si j'ai la flemme de ranger, avec en prime, une maîtrise du programme télé.

Comment Maggie va-t-elle prendre ma décision ? Telle est la question. Je devrais lui cuisiner des cookies. Tout passe toujours mieux quand on sert des cookies. Et mon intuition me dit que ce n'est pas ce qu'elle a le plus mangé aux Seychelles.

Maggie

Fourbue après ces bien trop longues heures de vol à écouter le son tantôt nasal, tantôt guttural, mais invariablement bruyant, des ronflements de Brigitte, je ne suis pas mécontente d'être enfin arrivée chez moi. Et la valise de Margot dans l'entrée m'indique qu'elle aussi est rentrée.

— Margot, c'est moi !

— Je suis dans la cuisine, me lance ma jumelle.

Dans la cuisine ? Curieux.

J'enlève et accroche mon manteau avant d'aller la rejoindre. Une drôle d'odeur m'assaille quand je me rapproche d'elle.

— Ça sent bizarre, non ?

— Oh ça, c'est parce que j'ai un peu fait cramer des cookies. C'était la première fournée, ne t'inquiète pas, j'ai tout jeté à la poubelle. Mais je crois que j'ai pris le coup de main et la quatrième fournée devrait être mangeable.

Je n'ose demander ce qu'il est arrivé aux fournées n° 2 et 3. À la place, je prends ma sœur dans mes bras.

— Tu m'as manqué ! Noël sans toi, ça craint.

— Je suis d'accord. C'est pour ça qu'on va se rattraper avec une bonne soirée pyjama, plaid et cookies. Je veux tout savoir sur les Seychelles !

* * *

En pyjama, chacune à un bout du canapé, sous un plaid, nous nous régalons… de sushis. Finalement la quatrième fournée s'est révélée tout aussi immangeable que les trois précédentes, les biscuits réussissant l'exploit d'être trop cuits à l'extérieur mais crus à l'intérieur. C'est pour des filles comme nous qu'a été inventée la livraison de repas à domicile.

— Tu es vraiment sortie du sauna pour te rouler dans la neige toute nue ?

— Je n'avais pas le choix, figure-toi. Toutes les femmes y sont allées. Il n'était pas question que je me dégonfle. Tanya aurait été trop contente de me voir reculer.

— Tanya ?

— La fille d'Alexandre. Le voisin de papa et maman dont la femme est morte.

— Mais elle a quoi, treize ans ? je demande à Margot sans réussir à dissimuler un début de fou rire.

— Moque-toi ! Les adolescentes peuvent se montrer impitoyables.

— Pour sûr ! je rétorque, hilare. Mais j'y pense, comment ça se fait que tu te sois retrouvée à faire le même voyage qu'un voisin des parents ? C'est improbable, comme situation.

— Tout à fait, sauf si c'est un coup monté, encore un, de notre mère. Alexandre lui a fait part de ses inquiétudes concernant sa fille, de sa profonde tristesse et de son refus de fêter Noël. Maman a tout de suite pensé à toi. Elle s'est dit que si quelqu'un pouvait rendre l'esprit de Noël à Tanya, c'est bien sa Maggie. Alors, elle l'a convaincu de réserver le même voyage et d'y emmener sa fille. Sauf que, tu connais l'histoire, ce n'est pas toi qu'ils ont retrouvée à Rovaniemi, mais moi. Imagine un peu la déception.

— La déception ? Mais pourquoi ?

— Parce que, de nous deux, tu es celle qui sait y faire avec les gens ! Tu es gentille, tu es attentionnée et tu adores regarder des films de Noël. Moi je suis…

— Intelligente, déterminée, drôle, et par-dessus le marché, hyper courageuse. Je ne sais pas si j'aurais osé me rouler nue dans la neige.

— Tu le penses vraiment ?

— Mais évidemment que je le pense, Margot. Hé, tu pleures ?

— Non, c'est mon allergie au saumon qui se réveille. C'est juste que… parfois, j'ai l'impression de ne pas être à la hauteur face à toi.

— N'importe quoi ! Je ne vaux pas mieux que toi. La preuve, moi, j'aurais rendu les armes à la deuxième fournée de cookies ratés. Alors que toi, tu as persévéré, dis-je pour la taquiner. Ça s'est passé comment avec Tanya, finalement ?

— Bien, je crois. Elle m'a dit ce qu'elle ressentait par rapport au décès de sa maman. J'ai essayé de lui donner des conseils. J'ai l'impression qu'elle a entendu deux ou trois trucs.

— Tu vois ! Je suis sûre que tu as été parfaite. Et promets-moi d'arrêter de penser que tu n'es pas à la hauteur.

— Même s'il s'agit de cuisiner quelque chose de comestible ?

— Personne n'est parfait. Et puis cette notion est très relative. J'ai bien mangé du ragoût de chauve-souris.

— Et moi, presque du renne…

Je pousse un cri, horrifiée.

— Dis-moi que ce n'était pas un renne du père Noël au moins.

— Je ne suis pas sûre... C'était peut-être un morceau de Fringant...

J'attrape un coussin que je lui balance. Que c'est bon de retrouver ma jumelle.

Margot

Depuis près d'une heure, j'admire les photos prises par Maggie. Les plages, la couleur de l'eau, les tortues, absolument tout est d'une beauté à couper le souffle. Je l'écoute me raconter ses péripéties, et sa voix vibre d'émotion. Je n'aurais jamais cru que ma sœur, fan des Noëls blancs, puisse autant apprécier d'être de l'autre côté du globe à cette période de l'année.

— Voici Sophia, m'indique-t-elle en me montrant l'un de ses derniers clichés. C'est une femme exceptionnelle, j'espère que j'aurai l'occasion de la revoir.

— Et lui, c'est qui ?

— Lui… c'est Keanu. Le frère de Sophia. Il était skipper sur le bateau de ma première sortie en mer. C'est lui qui m'a donné le numéro de sa sœur après la piqûre de méduse.

— Mais, je ne rêve pas, tu as le feu aux joues ! Maggie Carpentier, vous me cachez quelque chose.

— Absolument pas… Je ne te cache rien…, bredouille-t-elle. Keanu et moi…

— Keanu et moi ? On est carrément sur du Keanu et moi ! m'exclamé-je.

— OK, je vais tout te dire, mais inutile d'en faire toute une histoire. On a couché ensemble, voilà, tu es contente ?

— Mais *c'est* toute une histoire ! je m'enflamme. Toi, Maggie, ma sœur qui attend de rencontrer l'homme qui coche au moins 1 000 des 1 500 cases de sa liste, tu as couché avec un type que tu connaissais depuis, quoi, vingt-quatre heures ?

— Oui, bon d'accord, j'ai fait l'amour avec un quasi-inconnu. Je me suis dit que c'était comme des chaussures. Il ne te viendrait pas à l'idée d'en acheter une paire sans les essayer au préalable ?

— Alléluia ! Tu as enfin retrouvé la raison. Je ne sais pas si c'est grâce à Sophia ou à quelqu'un d'autre, toujours est-il que je veux bien son adresse pour la remercier[1]. Raconte ! C'était comment ?

— C'était... incroyable. Les deux meilleures nuits de toute ma vie.

— Parce qu'il y en a eu deux, en plus !

Cette fois, Maggie rougit jusqu'à la racine des cheveux.

— OK, j'arrête de t'embêter. Je suis contente pour toi.

— Merci. Je ne sais si ça tient au fait de vivre dans un pays chaud, mais Keanu avait une sensualité complètement différente de ce que j'avais connu jusqu'alors. Aucune parcelle de ma peau n'a échappé à ses lèvres...

— Là, tout de suite, je ne serais pas contre un petit peu de neige pour te rouler nue dedans.

* * *

Il est près de minuit lorsque nous nous glissons ensemble sous la couette de mon lit, comme lorsque nous étions petites et que l'on tentait par tous les moyens de se tenir éveillées afin de démasquer le père Noël.

---

1. Brigitte Fine – 134, rue des Décomplexées - 34987 Frivole-sur-Mer.

— Maggie ?

— Oui ?

— Si je te dis que j'ai envie d'un appartement à moi, tu m'en veux ?

— Tu veux dire, de déménager ? me demande-t-elle en se tournant vers moi.

— J'ai l'impression que je suis prête. Je ne voulais pas me retrouver sans personne, même si je préférais mourir plutôt que de l'admettre.

— Et tu n'as plus peur maintenant ?

— Je crois que non. J'y ai réfléchi en Laponie. J'étais un peu forcée d'être seule, mais finalement, j'ai trouvé ça plutôt agréable en fait.

Maggie ne dit rien.

— Tu m'en veux, c'est ça ? Je te jure que ça ne changera rien et qu'on se verra toujours autant !

— Mais non, je ne t'en veux pas du tout. Je réfléchissais.

— Tu réfléchissais à quoi ?

— À comment approfondir cette histoire d'essayage de chaussures… Puisque je vais avoir l'appartement pour moi, autant en profiter et creuser dans cette direction, non ?

— Absolument ! Je t'adore, Maggie. Tu es ma sœur préférée. Laisse-moi quand même le temps de trouver un endroit avant de ramener tes conquêtes à la maison, s'il tc plaît.

— Ne t'en fais pas pour ça, mais promets-moi une chose : plus jamais on ne fête Noël séparément !

— Marché conclu. Noël sans sa jumelle, c'est éclaté.

24 DÉCEMBRE,
UN AN PLUS TARD…

Maggie

J'ai l'impression d'être une pile électrique depuis trois jours. « Ce n'est pas qu'une impression », m'a lancé Margot lorsque je suis passée en coup de vent chez elle, hier, pour lui emprunter une ou deux guirlandes. J'ai aimé partager mon appartement avec ma sœur jumelle, mais je suis très heureuse qu'elle ait réussi à dépasser sa peur de la solitude pour se trouver un logement à elle. À moins de cinq minutes de chez moi, n'exagérons rien. Il n'en a pas fallu plus à notre mère pour décider que, désormais, Noël sera fêté chez l'une de nous trois chaque année, avec une rotation. Et, roulement de tambour, c'est moi qui ai gagné la chance d'inaugurer cette nouvelle ère.

Si, au bout du compte, j'ai apprécié l'expérience d'un Noël loin de mes standards habituels l'année dernière, chassez le naturel et il revient au galop : chaque centimètre carré de mon appartement est décoré. En rapportant hier soir un second sapin, je me suis dit que j'avais peut-être un peu exagéré. Mais je ne fais pas ça que pour moi, car en plus d'instaurer les « Noëls tournants », nous élargissons le cercle de la fête au-delà de nous quatre, grande révolution chez les Carpentier. Ça participe sans doute aussi à mon excitation.

Il est 14 heures lorsque l'on sonne à la porte. J'abandonne ma tentative de farce aux morilles – oui, parce qu'en plus de recevoir, je me suis mise en tête de tout cuisiner moi-même, quelle idée – et me précipite vers la porte.

— Sophia ! je m'exclame avec un sourire jusqu'aux oreilles, avant de prendre mon amie dans mes bras pour la saluer.

— Avec maman Sophia, on est montées dans un très gros avion. Ça faisait peur et j'ai vomi sur les chaussures de la jolie dame, s'écrie Titia. Regarde, j'ai eu le droit d'emporter ma poupée Maggie, tu te souviens d'elle ?

— Oui, parfaitement ! Mais elle a dû grandir depuis la dernière fois.

— Bah non, elle grandit pas, c'est une poupée. Tu sais, je suis plus un bébé, moi, m'affirme-t-elle avec une telle conviction que je ne peux m'empêcher de rire.

— C'est vrai, pardon, tu es une grande fille maintenant.

Ma réponse semble la satisfaire et elle me lance un bisou de sa petite main. J'attrape la valise de Sophia et les invite à entrer dans mon appartement.

— Pas trop fatiguée par le voyage ? Ma famille n'arrivera pas avant plusieurs heures, tu peux aller t'allonger si tu le souhaites.

— Ah non ! Je ne manquerai pour rien au monde la préparation de ce repas de Noël typiquement français. Même si je dois faire tenir mes paupières avec des allumettes pour les garder ouvertes.

— Est-ce que c'est ta maison ? On dirait que c'est celle d'une princesse, me dit Titia des étoiles plein les yeux, après avoir fait le tour du salon.

— Oui, c'est ma maison. Et s'il y a autant de décorations, c'est pour que le père Noël sache qu'il doit passer ici ce soir pour t'apporter tes cadeaux !

Elle m'adresse l'un des plus beaux sourires édentés que j'aie pu voir de ma carrière de pédiatre, avant de se précipiter sur le canapé et de s'allonger sous un plaid en velours rouge.

— Il fait froid dans ta maison en France, me dit-elle dans un bâillement à lui décrocher la mâchoire.

Ses yeux papillotent quelques instants, avant de se fermer complètement.

— Je suis envieuse de cette capacité qu'ont les enfants à s'endormir comme ça, n'importe où et en deux secondes, je murmure à Sophia avant de l'entraîner dans la cuisine. Ne fais pas attention au désordre, je suis en pleine préparation de la farce pour la dinde.

Face au cataclysme qui semble s'être abattu sur la pièce, elle me répond d'un ton moqueur :

— Si tu ne me l'avais pas dit, je n'aurais même pas remarqué que quelqu'un était en train de cuisiner ici.

— C'est uniquement parce que tu as fait un long voyage pour venir me voir que je te pardonne cette mesquinerie, rétorqué-je, en tirant la langue.

Elle rit.

— Que puis-je faire pour t'aider ?

— Hum… Tu pourrais émincer les oignons, dis-je en consultant la recette.

— À vos ordres, chef !

— J'aime mieux ça, plaisanté-je. Alors, raconte, comment ça se passe avec Titia ?

— Merveilleusement bien, à vrai dire. C'est mon rayon de soleil. Je crois qu'elle est heureuse d'avoir quitté l'orphelinat et de vivre avec moi, mais elle a encore peur qu'on vienne la chercher. Chaque nuit, elle se faufile dans mon lit pour se blottir contre moi. Je ne sais pas ce que je serais devenue, si le juge avait rejeté ma demande.

— Mais il ne l'a pas fait.

— Non. J'ai cru que mon cœur allait lâcher lorsque j'ai reçu la décision du tribunal et compris qu'on m'accordait la garde définitive de Titia, qu'elle était désormais ma fille, officiellement.

Des larmes roulent sur ses joues, qu'elle essuie d'un revers de la main.

— Saletés d'oignons.

Margot

Je suis un peu en retard lorsque je me gare près de chez mes parents. Maggie m'a demandé de jouer les chauffeurs pour ce premier « Noël tournant ». Depuis que leur voiture a terminé sa course dans un champ après un virage mal négocié, bien que pris à vingt à l'heure, nous ne sommes guère rassurées de laisser nos parents prendre le volant de nuit. Notre père s'en insurge, estimant qu'il a une vue parfaite, mais maman m'a confirmé qu'il était incapable de distinguer un écureuil d'un sanglier à plus de deux mètres.

Alors que je pousse le portillon, une jeune fille en short cycliste et baskets fluos, casque audio vissé sur la tête, passe derrière moi en courant.

— Tanya ?

Comme elle ne semble pas m'avoir entendue, je réitère, un peu plus fort. Quand elle se retourne, un sourire éclaire son visage. J'en tombe presque à la renverse.

— Ah, bonjour, Margot ! Comment ça va ? me demande-t-elle après avoir enlevé son casque.

— Ma foi, plutôt pas mal, je lui réponds, en ayant aussitôt l'impression d'avoir mille ans.

« Ma foi »... Mais qui emploie encore cette expression, de nos jours ?

— Et toi, comment ça va ? je reprends.

— Au calme.

— Cool. Tant mieux. Eh bien, à plus dans l'bus !

Rectification : j'*ai* mille ans...

Tanya éclate de rire, et commence à s'éloigner. Je la suis du regard. Soudain, elle s'arrête et se retourne :

— Vous aviez raison. Écrire, ça m'aide. Merci pour le carnet. Et joyeux Noël.

Puis elle repart.

Joyeux Noël, Tanya. Joyeux Noël.

Remerciements

Voici venu le temps, non pas des rires et des chants (si je l'ai déjà faite celle-ci, je m'en excuse. Mais avouez qu'elle est facile !), mais des remerciements. Quatrième comédie de Noël déjà et je suis ravie de voir que l'engouement autour de ce genre d'histoires ne cesse de grandir. Nombre d'entre vous attendent cette parution avec impatience et cela me réjouit.

Mon premier merci est donc pour vous, oui vous qui tenez ce roman entre vos mains. Merci d'être de plus en plus nombreux à lire mes histoires de Noël, merci de les mettre sur vos listes au père Noël, merci de les offrir. Je le dis et le redis, sans vous, je n'en serais pas là. Sans vous, je n'aurais pas pu réaliser mon rêve d'enfant : vivre de l'écriture. Car oui, désormais lorsqu'on me demande quelle est ma profession, je peux répondre fièrement (et sans pleurer… Oui, bon, pas encore, mais bientôt) : romancière. C'est un immense pas pour moi. Et je vous le dois.

Mon deuxième merci pour ceux qui m'accompagnent, prennent des risques, s'enthousiasment, répondent à tous mes mails… mes maisons d'édition – Fleuve Éditions et Pocket (Florian, Émeline, Lucie, Maryannick, Estelle, Thomas, Anne-Sophie, Julie, Manon, Perrine… Vous êtes tous, chacun dans votre rôle, mes indispensables) –, mon agent Andréa ainsi que toute l'équipe de Librinova.

Mon troisième merci pour tous les libraires, les bibliothécaires, les organisateurs de salons, les blogueurs, les journalistes, qui ont contribué au succès de mes romans, à leur visibilité. Merci de considérer que la littérature est riche et multiple.

Mon dernier merci pour ceux qui sont mes piliers au quotidien, mes ami(e)s, ma famille, mes enfants. Merci d'avoir embarqué dans cette aventure avec moi et de me suivre désormais dans cette nouvelle vie. Sans vous, je ne serais rien.

Jusqu'à présent, j'ai toujours terminé mes remerciements par l'homme de ma vie, il ne m'en voudra pas si pour cette fois je déroge à la règle.

Mes derniers mots seront pour mon papa qui nous a quittés brutalement et bien trop tôt le 14 juin 2022. Ce roman lui est dédié.

Papa, j'aurais tant voulu que tu sois là pour fêter cette nouvelle vie qui s'offre à moi, sache que je vais la savourer d'autant plus intensément qu'elle s'est chargée de nous rappeler qu'elle pouvait être courte. Où que tu sois, j'espère que tu es fier de moi.

Composé par Nord Compo à Villeneuve-d'Ascq

Imprimé en France par CPI
en octobre 2022
N° d'impression : 3050354

R15579/02